Ines Sommer

Luckenwalde

Von der Freiheit in Bananen zu rechnen

Edition Zeitgeschichte

Ich habe meine Familie und Freunde übrigens nicht gefragt, ob ich ihre Geschichten in diesem Buch verwenden darf. Es ist daher alles erfunden, jede eventuelle Ähnlichkeit ist allein meiner Phantasie entsprungen, keine Erinnerungen, nichts aus dem realen Leben. Und wenn, dann nur in einer zufälligen Art. Manchmal scheint es ja ohnehin, dass erinnerte Namen, Orte und Zeiten nichts mit der eigenen Geschichte zu tun haben. Jeden Morgen zum Beispiel.

Bei einigen Leuten, die ich aus steuerrechtlichen Gründen hier nicht nennen kann, möchte ich mich an dieser Stelle bedanken: Danke!

Wirkliches aus k/einem Land

Wo beginne ich, ein Land zu beschreiben, das es nicht mehr gibt? Kein roter Fleck mehr neben der BRD. Verschwunden, das kleine Land zwischen dem Westen und Polen. Untergegangen, der einstige Arbeiter- und Bauernstaat auf deutschem Boden. Wie unser Wir-Gefühl, wie unsere Zone.

Ich könnte ein ganz neues Land erfinden. *G'schichtln drucken*, wie die Österreicher das nennen. Erzählen, was von hinten bis vorne nicht gerade erlogen, aber gut ausgedacht ist und wovon man schon das Ende kennt. Sonst wär's kein *G'schichtl*, zumindest kein witziges, Stammtisch geeignetes. Ich könnte also eine neue Welt schaffen. Wie diese Bolschewiken 1917. Nur ein wenig netter. Ohne Gewehre, dafür mit Gewähr.

Ich könnte mir einfach ein Land ausdenken und von drei Meter großen Schafen berichten, von denen schon ein einziges eine mittelgroße ostdeutsche Familie ein halbes Jahr ernährt. Den Chemie-Kombinaten in Leuna sollen bei Dünge-Experimenten ja einige Fehler unterlaufen sein. Fehler, die uns dann als vorbildliche Über-Erfüllung des Fünfjahresplans verkauft wurden. Eine marketingtechnische Meisterleistung. Klingt ja auch viel besser als verschludert und mit reichlicher Verspätung eingegriffen. Gerade so rechtzeitig, dass nicht ganz Leuna in die Luft geflogen ist. – Hallo? Das ist doch kein Testlabor! Das war unsere Wirklichkeit.

Aber am besten, ich beginne mit dem Ende, das kann für ein Buch über die DDR nicht so schlecht sein. Vor 20 Jahren war der Mauerfall. Und nun sitze ich hier in Wien, wo ich lebe, und schaue meine Tagebücher durch. Aus Sentimentalität und aus Sensationslust. Auf der Suche nach dem Besonderen. Ich, die Exotin fernab der Heimat.

Oder ich beginne an dem Ende, an dem die Vergangenheit so nachhängt. Wir Ossis ziehen ja immer noch so ein zerfurchtes Friedhofsgesicht auf, weil die DDR gestorben ist. Unser ewiger Hang zum Monumentalen und zur Gruppe hat uns eine Diktatur-Erfahrung eingebracht. Und wir trauern trotzdem. Als sei jeder Einzelne nach wie vor mit Erich Honecker liiert. Jeder von uns ein ostdeutscher Schläfer, mit DDR-Mark-Konto in Angola*.

Immer noch wird es peinlich, wenn ich laut sage: „Ich komme aus dem Osten." Dann werde ich von anderen verBRDeutschert: „Osten gibt es keinen mehr."

Außerdem lebe ich schon länger im Westen als im Osten. Was also ist übrig? Welche Welt hat mich geprägt? Welcher Lebensabschnitt zu der gemacht, die ich heute bin?

* *Angola war, wie z. B. auch Vietnam, ein Bruderland der DDR. Von dort wurden Gastarbeiter geholt, die in Heimen wohnten, keinen Kontakt zu Deutschen haben durften und nur ein Taschengeld bekamen. Der Rest der Kohle ging an die Big Bonzen im Heimatland. 2000 Angolaner, darunter einige spätere Minister, durften in der DDR studieren.*

Wie auch immer.

Ich heiße Ines. Ines Ruth Sommer, geborene Jurke. In Luckenwalde geboren und auch groß geworden. Ich bin 36 und lebe in Wien. Immer wieder mal liiert. Keine Kinder.

Kleine DDR-Kunde: Von der Freiheit, in Bananen zu rechnen

Zuallererst muss ich mit einigen Missverständnissen aufräumen: Ich komme zwar aus dem Osten, habe aber in meiner Kindheit nicht gehungert, unser Globus im Geografieunterricht war rund und wir haben uns nicht durch Wind bestäubt. Und was ich hier wirklich mal anbringen muss: Den Schmuddel-Look haben ja wohl nicht die Hollywood-Typen erfunden. Wir sind so rumgelaufen. Wir fanden das chic. Oh doch, lieber Herr Heinz Strunk*, wir waren der Nabel der Modewelt.

Ich habe immer wieder mal begonnen, meine Lebensgeschichte aus den Tagebüchern herauszumeißeln. In der Art: Ich, die letzte Zeitzeugin des untergegangenen Atlantis. Denn war es vor fünf Jahren noch chic zu sagen: „Daran erinnere ich mich nicht“, gehöre ich heute bereits zu denen, die es noch wirklich erlebt haben.

* *Heinz Strunk: „Fleisch ist mein Gemüse“ (rororo): Ein Wessie-Teenager versucht den Kleiderpaketen seiner ostdeutschen Tante zu entkommen. Vergeblich.*

Und Leute! Ich sage es euch im Voraus: In wenigen Jahren wird die DDR aus ihrer Versenkung auferstehen. Nein, zu schwach: Es wird eine DDR-Manie entstehen, die Sissi und ihre Touristen-Romantik in den Schatten stellt. Erich Honecker wird es im Taschenuhrformat geben. Für die Reise oder auch zum Hinstellen für zu Hause. Der Wecker wird „Steht auf, Verdammte dieser Erde" brüllen. Und das Dunkelblau der FDJ-Hemden* wird das Rot der Aids-Schleife ersetzen. Man wird sich in gemeinsamer Vergangenheitsvergewaltigung suhlen. Und die ganze West-Welt wird freiwillig von „geflügelten Jahresendfiguren"* sprechen. Von „Erdmöbeln" statt von Särgen. Und der „antifaschistische Schutzwall", die Mauer, wird aufgedruckt auf Linoleum als Auslegware*** die moderne Wohnung des 21. Jahrhunderts zieren. Und alles wird ur-hip und ganz langsam säuseln: „D-D-R..."

Darum wollte ich eigentlich eine Art Leitfaden für diese zukünftigen Gesellschaftstrends schreiben. Man kann ja nie wissen, man muss darauf vorbereitet sein. Ich meine, *ich* kann einfach die Plaste-Klamotten aus dem Schrank holen. Aber ihr, die ihr nicht in der Zone groß geworden seid, ihr braucht einen Einkaufsführer. Jemanden, der sozusagen einen Proto-Ossi beschreibt in seinen Römersandalen. Ich weiß schon, für einen solchen Leitfaden bekommt man keinen Nobelpreis. Aber einen Platz in der Ratgeberbibliothek, gleich neben dem Brockhaus. So viel zu meiner selbstlosen Seite.

* *Blaues Einheitshemd des „freiwilligen" Zwangsverbands Freie Deutsche Jugend. Mit untergehender Sonne am Arm.*

** *Engel*

*** *Teppichboden*

Beginnen wir gleich mit der Freiheit: *Freiheit* war für uns Ostdeutsche so was wie der Inbegriff des Westens. Frei sein bedeutete Colgate kaufen und nach Mallorca fahren. Freiheit hieß für uns „Ariel", „Wir sind das Volk" und „MA-O-AM".

In meinem Gebiet der Republik gab es Westfernsehen. Am Rande Berlins war es mit einem nassen Waschlappen zu empfangen. Die Sender waren zwar sicher nur aus Versehen in Richtung Osten gedreht, aber ich bin groß geworden mit Golf GTI, Otto-Katalog und Mainzelmännchen. Nur eingekauft haben wir das Zeug halt nicht. Doch so schlimm finde ich das auch wieder nicht. Ich bin herangewachsen mit Werbefernsehen, nur anders: Alles, was man im Fernsehen sah, konnte man *nicht* haben. Werbung war so etwas wie Raumschiff Enterprise. Eine unwirkliche Welt. Ich bin mir nicht sicher, ob mir das so geschadet haben soll. Und überhaupt: Beamen ging auch im Westen nicht.

Es gibt noch einen Begriff, der so tief mit der DDR verbunden ist, dass wir ihn eigentlich im Grundgesetz hätten vermerken müssen: die Banane. Wir wurden sicher ins *Guiness-Buch der Rekorde* eingetragen, denn in der DDR gab es die meisten Kinder pro Banane. Wir waren eben eine inverse Bananen-Republik. Bei uns wurde alles in Bananen umgerechnet. Eine Stereo-Anlage: vier Kilo Bananen; ein Auto: zwei Tonnen Bananen; das Glück der Kinder: für ein Kilo Bananen zu Weihnachten. Und da sag einer, das Leben sei kompliziert! Nur wirklich blöd ausgesucht war diese Klimazone. Warum nicht Kartoffeln im Kartoffel-Land? Nein, es wurde in Bananeneinheiten gedacht, geträumt, gerechnet. Wir liebten die Banane als goldene Handelsware, verbunden mit guten Träumen vom Schlaraffenland BRD. Ich stellte mir den Bundeskanzler vor, wie er im Baströckchen diese Hula-Hoop-Bewegungen macht. Und es regnet *Chiquitas*.

Meinen ersten Kontakt mit Bananen hatte ich im Chemie-Unterricht der 7. Klasse. Wir waren also alle um die 14 Jahre alt und total gierig darauf, die dunklen Mächte der Alchemie zum Leben zu erwecken. Dabei ging es eigentlich um Fruchtester: um Kohlen-Wasserstoff-Verbindungen, aus denen man Geruchsstoffe herstellt. Einmal war dann Bananengeruch dran. Ich freute mich. Kohlenstoff und Wasserstoff verbanden sich zu einem guten Zweck. Mitten im Osten. Meine Vorstellungen vom exotischen Leben trugen wilde Früchte. Mein Bundeskanzler im Baströckchen tanzte schon. Und endlich war das Reagenzglas bei mir. Ich war vorbereitet: Die Nasenlöcher weit aufgemacht und langsam den Duft an den Nasenwänden vorbeiziehen lassen. Meine Nase weitete ihre Flügel. Da schwamm sie nun, die Flüssigkeit mit dem Geruch der Sehnsucht jedes Ossis. Hatte etwas Klinisches, gar nichts von dem Film in meinem Kopf. Im Reagenzglas wirken eben selbst Bananen wie Abenteuer mit Gummihandschuhen. Und *Kohlen-Wasserstoff-Verbindung* klingt auch mit Phantasie nicht sexy. Ich war enttäuscht. Das war alles? Das war der Geruch der großen, weiten Welt? Überhöht. Sich aus Angst vor Skorbut Zitronen zu wünschen, verstand ich ja noch. Aber Bananen?

Ich nahm mir damals vor, ein Cafe „Zur ostdeutschen Banane“ zu eröffnen. Würde sicher *der* Renner. Wir alle liefen ja einer verschwommenen Idee von Banane nach. Ein virtuelles Gesellschaftsspiel, das ein ganzes Land in Bewegung hielt. Denn Bananen mussten mit harten Devisen im NSW* eingekauft werden. Selbst Genosse Fidel konnte da nicht helfen. Aus Kuba kamen nur Zitronen und Orangen. Fidels Orangen waren aber leider nicht zu essen – und auch nicht orange. Deswegen hießen sie bei uns auch Apfelsinen. Zitronen wiederum, so sagte man, waren deswegen so sauer, weil sie zu uns in den Osten mussten. „Die Armen!“, klang es einem in den Ohren. Aber wenigstens brachten die Zitronen ein Gefühl von Sandstrand mit.

Mit Geschichten über Fidel ließen sich ganze Bücher füllen. In meiner Fruchtester-Zeit war Fidel so etwas wie eine Pop-Ikone, gleichrangig mit Udo Lindenberg, den Puhdys und Karat**. Von seinen miesen Seiten ist natürlich nichts zu uns durchgedrungen. Er und Kuba – oder Kuba und er – waren für uns die Außenstelle des Kommunismus im imperialistischen Wasser. Mit dem Feind Amerika auf Tuchfühlung. Weit weg, tropisch, abenteuerlich. Der Nimbus der Neuen Welt mit rotem Stern am Strand. Bei uns gab es zwar keine Palmen, aber Fidel auf Postern. Marx und Engels als Button haben sich nicht durchgesetzt, mit Fidel herumlaufen war aber hip. Obwohl aus Kuba keine Bananen kamen.

Wir Ossis bezeichnen die Zeit von 1965 bis 1989 als das „dunkelgraue Mittelalter“. Das ist die Zeit des

* *NSW: Nicht-sozialistisches Wirtschaftssystem. Für unser Aluminiumgeld bekam man außerhalb des Warschauer-Pakts nicht viel. Eigentlich gar nichts.*

** *Ja Leute, auch im Osten gab's Bands mit Stromgitarren.*

wirtschaftlichen Aufschwungs ohne Marshall-Plan bis zum „Anschluss“. Und dann kam der Westen. – Der eingezogene Kohlismus hat vor allem der privaten Bereicherung gedient. Auf einmal war Konsum alles. Auf einmal war sie da – die Freiheit im Konsum.

Doch worüber rege ich mich auf? Wir haben die Trabis* durch andere Typen ersetzt, die ich wegen der Schleichwerbung nicht nennen will – müssten aber aus dem süddeutschen Raum kommen. Auch ich trage inzwischen Levi's. Bananen für alle! Und bunter ist es allemal geworden. Wenigstens im Außen.

Aber beginnen wir am Anfang.

* *Wie verdoppelt man den Wert eines Trabis? Indem man ihn volltankt. Und wie vervierfacht man den Wert? Du legst eine Banane auf den Rücksitz. Oder: Womit kann man die Beschleunigung eines Trabants messen? Mit dem Kalender.*

Meine ganz normale Arbeiter- und Bauernfamilie

Man kann sich natürlich nicht aussuchen, wo man geboren wird. Doch würde ich heute gefragt, in welchem Land ich geboren sein wollte, würde ich mir wünschen, dass alles genau so wieder passiert, wie es passiert ist. Wobei ich die Vermutung habe, dass ich ebenso gut an ganz anderen Plätzen der Welt hätte heranwachsen können. Mich hat es aber nun mal in die DDR verschlagen. Und ich habe mich unter diesen Verhältnissen gut entwickelt. Jedenfalls ist das meine Wahrnehmung.

Abgesehen davon bin ich eine Einwanderin in vierter Generation. Ich bin mein eigenes Ausländerproblem. Mein Urgroßvater mütterlicherseits ist mit seinen Eltern aus Frankreich nach Brandenburg gekommen. Er war einer der wirklichen Spaßvögel in unserer Familie. Musste aber als einziger männlicher Spross der französischen Ur-Familie den Brandenburgischen Hof übernehmen. Wirklich Freude hatte er dabei nicht. Hieß das doch, nie wieder in der Stadt zu leben. Und dass nur die Bilderbuchseiten des Landlebens rosig waren, hatte er schon als ganz junger Mann überrissen. Zeit zum Lachen bleibt da kaum, rechts und links vom Umgraben.

Meine Vorfahren kamen nach dem Ersten Weltkrieg aus dem Elsass. Als Vertriebene. Damals mussten die deutschsprachigen Elsässer aus den neuen französischen Gebieten raus. Ich frage mich heute manchmal: Wie geht so was? Sitzt man da im Elsass bei Wein und guten Gesprächen auf der Terrasse und denkt sich: „Was machen wir jetzt?" Und dann fällt einem in der Runde Markendorf im mittleren Preußen ein? Meine Urgroßeltern sind jedenfalls auf Markendorf gekommen. Das ausgelassene Feiern der französischen Vorfahren hat sich bei uns – selbst entlang des Strebertums meines aus Schlesien stammenden Vaters – erhalten.

Damit wären wir bei meinen Eltern. Sie lernten sich vor dem Mauerbau in den 1950er-Jahren kennen. Wie, das konnte ich mir nie merken. Jedenfalls nicht über Parship. Sie sind Christen, Spezialausprägung Adventisten. Also eine Kleingruppe in der Minderheit. Und das verbindet – neben anderem – ganz, ganz stark. Der Geburtsort meines Vaters lag einige Autostunden vom Heimatort meiner Mutter entfernt, ihm aber stand nur das Fahrrad als Verkehrsmittel zur Verfügung, um zu seiner Freundin zu fahren. Doch früher gab es noch richtige Helden. In seiner Verliebtheitsphase dachte mein Vater sogar mal an Blumen, die er sich aufs Fahrrad klemmte. Die Stängel sind angekommen. Geheiratet wurde trotzdem. Der Wille zählt bekanntlich.

Zwei Kinder sind bald nach der Hochzeit auf die Welt gekommen. Zwillinge, 1959. Die Ärzte damals waren nie sicher, ob es sich um Zwillinge handelte, nur weil man zwei verschiedene Herztöne hörte. Alltägliche ostdeutsche Qualitätsarbeit. Das Ultraschallgerät war dann auch noch defekt. Das Restrisiko hält das Leben spannend. Es waren dann eben zwei Kinder. Völlig unvorbereitet gingen meine Eltern kurzerhand zum normalen Lebensalltag über. Machte ja nichts. Das Oktoberfest findet auch nicht im Oktober statt. Und meine beiden Zwillingsbrüder sind ohnehin an zwei unterschiedlichen Tagen im November geboren: der eine am 19. und der andere am 20. Auch nicht ganz normal für Zwillinge. Dabei wollte die Hebamme unbedingt beide Kinder am selben Tag zur Welt bringen. Nach einem arbeitsreichen Tag hätten Zwillinge sie zur produktivsten Hebamme des Kreiskrankenhauses gemacht. Während sich also mein zweiter Bruder durch den Geburtskanal zwängte, zogen an der Hebamme die Bilder des FDGB*-Heims Hiddensee vorbei: Sonderurlaub, der Wimpel für den vorbildlichen Einsatz zum Aufbau der DDR... Na ja, was soll man dazu sagen. Aber Axel wollte seinen eigenen Geburtstag. Genauso wie Matthias. Die Gedanken der Hebamme an Hiddensee lösten sich in der Kreißsaal-Beleuchtung wieder auf. Die Gute wusste sich ganz subtil zu rächen. „Wie sollte das zweite Kind heißen? Axel?!" Das ist ein Hundename und sie höchst persönlich bringe niemanden zur Welt, der einen Hundenamen trägt. Völlig erschöpft brachte meine Mutter nur „Klaus-Dieter?" heraus. Was einem halt so einfällt im Wochenbett: Klaus-Dieter. Bei uns hieß Klaus-Dieter trotzdem immer Axel. Einen Hund, der auf Axel hört habe ich nie kennengelernt.

* *FDGB: Freier Deutscher Gewerkschaftsbund*

Eigener Geburtstag hin oder her: Sie waren Zwillinge. Und sie wurden sehr, sehr oft verwechselt. Anzieh-technisch war da auch nicht viel wettzumachen, denn ginge es nach der Vielfältigkeit an Klamotten, dann wären sowieso alle in der DDR miteinander verwandt gewesen. Wenn Matthias sich dann noch die Brille seines kurzsichtigen Bruders ausborgte, sahen zwar beide nichts, aber hatten zumindest ihren Spaß dabei. Und jede Menge Vorteile bei Tests in der Schule. Die beiden haben sich den Lehrplan einfach geteilt. Konnten so das Lernen auf einige wenige Tage im Jahr minimieren.

Mein Vater ist auch ein Zwilling. Unsere Familie hat offenbar ein Faible für Doppelpacks: Matthias und Axel, Vati und Onkel Heinz. Ich dachte eine Zeit lang, dass Männer immer zu Zweit auf die Welt kämen. Deshalb wollte ich auch ein Junge sein und einen Zwilling haben. Nicht nur eine große, unheimlich liebe, elf Jahre ältere Schwester. Karin legte die Puppen beiseite als ich auf die Welt gekommen bin. Und war ab dem Moment erwachsen. Mit ihr an der Seite bin ich groß geworden. Mam war Schwester auf der Intensivstation des Kreiskrankenhauses, Vati machte irgendetwas mit jungen Leuten – immer wieder standen Schüler im Hof, und die Brüder waren auf Achse. So war meine Familie ein eingespieltes Team. Jeder hatte seinen Platz auf der Hühnerleiter. Einschließlich der Katzen und der Schafe. Wobei die Schafe nicht ganz unten auf der Hühnerleiter zu sehen sind. Ich würde sie im gehobenen Mittelfeld ansiedeln. Und dort grasen sie noch heute, die Schafe meines Vaters.

Wie auch immer: Meine Mutter ist ein Kind der flämingschen Sandkiste*. Was so nicht ganz stimmt. Natürlich gibt es nur Sand in dieser Gegend. Aber auch im Sand wächst Wald und anderes Grün. Tundra mit Stern am Feld. „Wir sind der Sandstrand des Ostens" – diesen Gedanken wollte ich mir patentieren lassen. Siebzehnhundertirgendwas hatte Fritze, der Preußenkönig, die famose Idee, Arbeitskräfte ins Land zu holen. Auf der anderen Seite Europas wurden sie gerade rausgeschmissen: die Hugenotten. Und auf einmal standen Tausende arbeitswillige und dankbare Gärtner am Sandkastenrand. Schaufel und Eimer inklusive. 200 Jahre plus eine Generation war dann auch meine Mutter da. Arbeitsam bis zum Geht-nicht-mehr. Weil's nicht anders ging. Mit gesundem Menschenverstand und Misstrauen gegenüber allzu dick aufgetragenen Gefühlen oder pompösen Bekenntnissen. Weshalb ich dazu neige, ihren Darstellungen zu glauben.

Ich bin also in Luckenwalde geboren. Leider fühlte man sich in Luckenwalde, 50 Kilometer südlich von Berlin, nie so wie im Mittelpunkt großer Entwicklungen. Es ist nicht ganz der Platz, den man sich vorstellt, um von dort aus die Welt zu erobern. Ich war im Sommer 1973 angekündigt. Die Welt und eine andere Hebamme als die meiner Brüder hatten sich den 12. Juni als meinen Geburtstermin ausgesucht. An diesem Tag stellte die DDR den Antrag, in die UNO aufgenommen zu werden. Das mit der UNO ist dann bald untergegangen. Der „Tag des Lehrers" dagegen wurde ein viel wichtigerer Gedenktag im Osten. Damals hatten die Lehrer als Wegberei-

* *Die gute Eiszeit ließ zwischen Berlin und Wittenberg jede Menge Sand zurück.*

ter für die nächste Generation noch ihren Platz in der Gesellschaft. Intellektuell waren sie zwar zu Marionetten verkommen, aber mit Lorbeerkranz. Später hat unsere Direktorin am 12. Juni immer einen Sonder-Fahnenappell einberufen und besonders erfolgreiche Lehrer mit Wimpelkram behängt. Toll. An meinem Geburtstag! Da war mein Vater schon Lehrer. Auch ein Schicksal.

Wenn ich eine typische Handbewegung meines Vaters nennen sollte, ist es der Oberlehrerfinger. Nicht, dass er ein typischer Lehrer Lämpel gewesen wäre. Aber den Oberlehrerfinger hat er schnell draufgehabt. Der Beruf prägt einen anscheinend bis in tiefste Charakterschichten: Mein Vater hatte immer etwas Strenges. Und in der Zeit, als er als Lehrer arbeitete, war er wirklich ein mühsamer Vater. Er hat vielleicht einfach jeden Tag zu viel junges Volk um sich gehabt. Und irgendwann fragte ich ihn dann, ob er beim Heimkommen nicht einfach mal „Guten Tag“ sagen könnte wie andere Väter, statt gleich im Türrahmen zu springen. Er änderte sich dann langsam. Oder ich wurde älter. Vielleicht aber muss man sich ja auch so verhalten, wenn man Lehrer ist. Womöglich ist das nur eines der vielen Grundphänomene in der Welt: Zur Wurst gehört der Senf, zum Schnürschuh gehören die Schnürsenkel. (Was auch immer ein Senkel sein mag.) Und zum Lehrer gehört eben der Zeigefinger.

Meine Eltern waren und sind irrsinnig sparsame Typen. Diese Eigenschaft hat mit vier hungrigen Kindern sicher lebenserhaltend gewirkt. Die allgemeine Sparsamkeit der Ostdeutschen! Aber man muss zu den Anfängen zurückgehen, in die *gute, alte Zeit*. In der man im Hof noch etwas benutzte, das wie ein Telefonhäuschen aussah. Nur war es für grundlegendere Bedürfnisse gebaut. Wäsche wurde mit kaltem Wasser in Waschtrögen gewaschen. *Die gute, alte Zeit!* Mit Holz und Ofen und so. Bei uns zu Hause wurde mit Holz und Kohle in Kachelöfen geheizt. An Heizmaterial brauchten wir nicht sparen. Braunkohle wurde zugekauft, Holz holten wir aus dem Wald. Hieß dann Familienausflug mit Motorsäge. Im Garten das Gleiche: Alles, was man selber hat, braucht man nicht bezahlen.

Der westliche Konsumrausch ist auch mir nicht mehr fremd. Und doch sitze ich manchmal in meiner Wohnung und friere. Weil ich sparen will, bei 15 Grad im Wohnzimmer. Dabei fühle ich mich immer besonders geborgen. Frierend. Es ist dann fast so wie früher. Nur war ich damals einfach zu faul, meinen Ofen im Zimmer zu heizen, deshalb saß ich im Kalten. Heute ist das meine Alibi-Spar-Haltung: Seht her, ich kann auch sparen! Jedenfalls hab' ich die Geschichte einmal meinem Bankbetreuer erzählt, worauf er meinen Kredit noch nicht fällig stellte.

Kurz gefasst: Ich bin also das vierte Kind einer ziemlich normalen Familie. Was auch immer man unter *normal* versteht. Ob meine Eltern mich gewollt haben? Wer weiß das schon immer so genau. Jedenfalls war ich dann mal da, neben den anderen Geschwistern und den Schafen im Garten. Womit ich mich die ersten paar Jahre beschäftigt habe, ist auch rasch erzählt: Ich trank Milch, bis ich satt war. Bitte nur keine Fragen zu frühkindlichen Erfahrungen! Ich habe keine. Mir ist es ziemlich gut gegangen. Ich konnte mich schließlich auch auf die beachtliche Lebenserfahrung meiner deutlich älteren Geschwister verlassen.

Die Schafe haben in unserer Familie immer eine wichtige Rolle gespielt. Mein Vater drohte gern: „Wenn ihr nicht endlich aufhört zu streiten, müsst ihr zu den Schafen ziehen!" Wir zeigten uns gemaßregelt. Wir waren zwar jung, aber nicht blöd. Denn der Stall war meinem Vater ein ganz lieber Ort. Also beließen wir ihn in dem Glauben, wir hätten Angst. Und konnten das Fürchten weglassen.

Sogar bei der Goldenen Hochzeit meiner Eltern im Herbst 2008 spielten die Schafe ihre Rolle. Während alle Anwesenden gerührt die fünfzig gemeinsamen Lebensjahre zelebrierten, hat sich mein Vater im Laufe des Nachmittags zu seinen Schafen verzupft. Immerhin lebte er ja auch mit ihnen schon ein halbes Jahrhundert. Und er ging sie an diesem Nachmittag nicht etwa schnell füttern, nein, er blieb eineinhalb Stunden weg! Was machte er nur so lange im Stall? Zählte er seinen Schafen die Kernpunkte der Festpredigt auf? Sehnsucht, würden Psychodramatologen deuten. Ich sage, mein Vater ist auch ein bisschen in die Schafe verliebt. Auf alle Fälle gehören sie dazu. Ich bin groß geworden mit Schafen, die Familienanschluss hatten. Das soll uns mal jemand nachmachen. Auch eine ziemlich normale Familie hat eben ihre Eigenheiten.

Meine menschliche Kernfamilie war abends immer zu Hause und dann wurde gemeinsam gegessen. Mit allen, die sich gerade im Haus oder auf dem Hof aufgehalten haben. Gegeizt wurde nie. Unsere zahlreichen Gäste waren wahrscheinlich vor allem deshalb so hungrig, weil es ja angeblich nichts zu essen gab. Vielleicht war das mal so. In den 1970ern jedenfalls nicht mehr. Unser Tisch hat sich gebogen und viele unserer Gäste, die Mutter Natur nicht gerade bevorzugte, hatten ein Figurproblem. Genau genommen gingen da einzelne Partien des Körpers ziemlich unvermittelt ineinander über. Mir wurde erklärt, dass ein Bauch verhindern würde, dass die Hose nicht auf die Füße fällt. Ich verstand das nicht: Meine Hose rutschte bei jedem Atemzug Richtung Halbmast. Wie auch immer. Im DDR-Sprech war das der Schlag Mensch, der zehn Fahrradschläuche kaufte, wenn Fahrradschläuche in der Republik ausgeliefert wurden, und diese dann immer nur gegen Essen tauschte. Bei uns daheim wurden Abendessen gegen Geschichten getauscht: Reiseberichte der Gäste, die Witze des Tages. Irgendjemand brachte immer einen mit. Mein Vater, als Lehrer an der Quelle des Spotts, war da eine Goldgrube: „Warum hängt in der DDR immer noch eine Wurst in der Fleischerei? Damit die Kunden nicht nach Fliesen fragen." Wir haben diskutiert, gestritten und ziemlich oft gelacht.

Man kann nicht sagen, dass es langweilig war in meiner kleinen Welt. Einige spannende Typen hab ich einfach beim Abendessen kennen gelernt. Wobei ich nie wusste, wie meine Eltern zu den Gästen kamen. Aber da sich die Erde bekanntlich dreht, brauchten sie vielleicht nur vor zur Hoftür gehen und schauen, wer gerade vorbeirollte. An einen der Gäste erinnere ich mich besonders gut. Er ließ uns, ausgesprochen motorisch unterstützt, an seinem Leben teilhaben. Er legte sein Messer nie aus der Hand, wenn er zu reden begann. Karin, meine Schwester, saß neben ihm und schaffte es, während des gesamten Abends die erstaunliche Menge eines halben Brotes zu essen. Tee trinken war ausgeschlossen. Deckungsmanöver erforderten ihre volle Aufmerksamkeit. Ich, mit meinen fast sechs Jahren, kam zwischen Staunen und Lachen nicht nach.

Meine Welt in Luckenwalde war bunt. War Multi-Kulti. Es gab viele Vietnamesen und Schwarzafrikaner. Die waren für mich Küken faszinierend. „Schau Mutti!", soll ich mal gesagt haben. „Der hat eine ganz dunkle Hautfarbe, der wäscht sich nicht." Und war schon mein Vorbild. Das war's. Jedenfalls aus meiner beschränkten Kindersicht auf die Welt. Jahre später erst dachte ich mir: „Was mochte der wohl zu Hause ausgefressen haben, dass er in die DDR musste?"

Andererseits: Was wir aus der Zone wirklich gelernt haben *könnten*, ist, jeden gleich zu behandeln. Wer mal drin war, gehörte dazu. Wir saßen doch alle im selben Boot. Runtergefallen von unserem kleinen Stück Erde ist ja keiner, und raus ging's auch nicht. Die an der Mauer hätten doch keinen aus der Republik den Kapitalisten überlassen! Wenn etwas sicher war, dann das. Hatte auch etwas Heimeliges.

Eines der denkwürdigsten Weihnachten war im Dezember 1978. Meinem Vater waren beide oberen Schneidezähne abgebrochen. Vielleicht hatte er ja heimlich vom harten Brot für die Schafe abgebissen. Und nun finde mal einen Tag vor Weihnachten einen Zahnarzt, der noch Zähne in deiner Größe vorrätig hat! Vater musste sich kurzerhand zwischen Zahnlücken oder nicht wirklich passenden Zähnen entscheiden. Vielleicht waren die Schneidezähne in den gängigen Größen in diesem Jahr ja schon aufgebraucht und nur noch die Ladenhüter vorhanden. Aber wer, bitte, kommt auf die Idee, einen Fünfjahresplan für Zähne zu erstellen? Und was wäre aus der Planwirtschaft geworden, wenn sich Genosse Honecker an seinem Land die Zähne ausgebissen hätte? Mein Vater jedenfalls entschied sich für die Karnickelvariante und kam mit den Ladenhütern nach Hause. Gefühlte zwei Meter zu lang. An ernste Gespräche war an den folgenden Weihnachtstagen nicht mehr zu denken. Selbst die Weihnachtsgeschichte unter dem Tannenbaum kommt mit heiligem Humor daher, wenn ein Karnickel sie verliest. So haben uns die Tücken der DDR-Verteilungspolitik ein ausgesprochen heiteres Weihnachten beschert. Und zum Witze-Favoriten Honecker gesellte sich ganz schnell die Gruppe der Nagetiere. Ärgern hätte die Sache ohnehin nicht besser gemacht. Und spotten war so viel netter! Mein Vater hat's überlebt. Jedenfalls sind keine Alpträume von übergroßen Bibern, Mardern oder Wieseln berichtet worden. Und wirklich böse ging es ja nie ab. Lieber am Küchentisch bloßgestellt, in der geschützten Werkstätte. In jedem Fall an einem Ort, wo Gott, Mensch und kleine Bissigkeiten ihren Platz hatten. Dort, am Küchentisch, haben wir uns unsere eigene Welt gebaut, die Versorgungspolitik der DDR verspottet, unsere eigene Politik betrieben und gelacht. Das ging immer.

Fahnenmalen für den Weltfrieden

Natürlich gab es einmal Helden für mich. Damals, so zwischen vier und fünf, waren meine Helden sogar pädagogisch wertvoll. Die Kinderbibel neben dem Bett. Das Sandmännchen mit Herrn Fuchs, Frau Elster und dem lieben Pittiplatsch*. Für die Gute-Nacht-Geschichte. An Erich Honecker habe ich auch noch geglaubt. Modisch war er vielleicht etwas verstaubt. Aber das Land, in dem ich so gern lebte, führte zweifellos ein Held an.

Auch meine Kindergartentante hielt große Stücke auf ihn. Jedes Mal, wenn wir die Arbeiter- und DDR-Fahne malen übten, berichtete sie uns von der Alphabetisierung Angolas, von den Bestrebungen der Kommunistischen Partei oder von der Entwicklungshilfe der DDR im frühen Jura und deren Auswirkungen auf die heutige Zeit. Ich frage mich, ob mit „Jura“ die allgemeine Gerichtsbarkeit der Neandertaler gemeint sein konnte. Diese vielen Errungenschaften des Sozialismus! Und immer wenn unserer Tante der Text ausging, mussten wir uns tschechische Volkslieder anhören. Der einzige Song, den ich schon vorher gekannt hatte, war der von der Biene

* *Der Dritte im Pädagogenbunde. Immer etwas trottelig dargestellt, aber liebenswürdig.*

Maja, Karel Gotts Meisterstück. Die anderen Lieder waren unerträglich. Aber die Tante hatte immer einige Platten in ihrem Schreibtisch. Reine Quälerei. Ich war nur froh, dass Tschechisch keine Sprache ist, die man so nebenher in die Wiege gelegt bekommt. Sonst hätte die Tante sicher auch noch mitgesungen. Wie es diese Tschechen auf den DDR-Markt geschafft haben, ist mir immer noch ein Rätsel.

In so einer Malstunde wurde uns einmal auch erklärt, dass wir alle am gemeinsamen Aufbau der DDR als Bollwerk gegen die Unterdrückung der Arbeiter im kapitalistischen Ausland, insbesondere in der BRD, mithelfen könnten. – Was würde nun kommen? Was wollte die gute Tante von uns? Kinderarbeit? Aber so schlimm wurde es dann doch nicht. Wir sollten am nächsten Tag nur jeder zwei leere, alte Gläser von zu Hause mitbringen. Ich konnte kaum einschlafen. Was würden wir mit so vielen Gläsern im Kindergarten anfangen? Irgendwas bauen wie die Großen? Ich freute mich auf mein erstes Glashaus. Am folgenden Morgen hatte dann jedes von uns Kindern seine zwei Gläser dabei. Und die brachten wir zur Annahmestelle für Altstoffe. Ich fühlte mich ganz doll beschenkt, denn ich bekam zweimal zehn Pfennig dafür.

Der Typ von der Altstoffsammelstelle war zeitlebens derselbe: wortkarg, freundlich, dicklich. Von ihm wurde alles entgegengenommen, was in Luckenwalde irgendwie gesammelt wurde. Auch Kastanien und Eicheln im Herbst. Selbst wir im Kindergarten wurden pädago-ökonomisch aufgerufen, Kastanien zu sammeln. Im Winter 1978 besuchte uns dann ein Herr aus der Stadt und brachte einen Wimpel mit. Wir waren die Altstoffsammelsieger des Herbstes, wie uns der Mann in gewichtigem Tone erklärte. Mein Kindergarten „Frohe Zukunft" eine Vorzeige-Institution! Nach dem trockenen Sommer befürchtete man offenbar, das Futter würde im Winter nur für die Nutztiere reichen. Also war parteilich festgelegt worden, dass die Förster sich den ganzen Winter über Kastanien von den Altstoffsammelstellen holen konnten. Für die Wildtiere sammelte ich gern Kastanien. Und für das Geld. So hatten wir alle was davon.

Sollte also noch jemand der Meinung sein, in der Zone hätte es keinen Wettbewerb gegeben, dann hat er sich ordentlich vertan. Zumindest was das Altstoffe-Sammeln angeht, gab es schon im Kindergarten Konkurrenzdenken in Sachen Sammelsurium. Keine Zeitung wurde weggeworfen, geschweige denn ein leeres Glas. Auch verpackt wurde kaum etwas. Alles Mangelware. Ich mache mir heute noch ökosozialistische Gedanken über die Erfindung des Wasser-Klosetts. Pure Verschwendung. Kapitalismus im eigenen Bad!

Rohstoffe waren eben knapp in der DDR und Recycling wurde ausgesprochen gut bezahlt. Darum sammelten wir alles, was in der Stadt zu Geld gemacht werden konnte. Ich bin ja ein Kind einer richtigen Kriegsgeneration, nämlich der „Kalten-Kriegs-Generation". Und was uns Kriegsgenerationen eigen ist: Alles aufheben und schauen, ob man es irgendwann nicht doch noch brauchen kann. Am besten alles unters Kopfkissen legen. Und falls die eigene Bettseite schon angeräumt ist, bleibt immer noch die Bettseite des Partners. Man kann ja nie wissen. Der Rohstoffmangel und die persönliche Disposition der Kriegsgeneration ergaben ein recht naturnahes System. Was wir mit den Abgasen der Trabis wieder kompensiert haben.

Meine Kindergartengruppe ist in jedem Frühjahr zu mir nach Hause gekommen. Dabei war meine Familie die einzige, die besucht wurde. Aber es ging nicht um mein Zuhause, sondern um unsere jungen Schafe. Um die Osterlämmer. Ja, tatsächlich, bei uns im Kindergarten haben wir Ostern gefeiert. Nur ohne Kirche. Dafür mit Karnickel und Ostereiern, die Fruchtbarkeit bringen sollten. Fruchtbarkeit im Kindergarten! Immerhin war das Wort nicht verboten. Das war ja schon mal was. Und ich durfte sogar von unseren Osterlämmern reden, ohne gleich mit der Kirche ins Dorf zu fallen. Jedes Jahr im Frühjahr erzählte ich meiner Kindergartentante also stolz, dass unsere Osterlämmer geboren waren und dass wir einen Ausflug in unseren Garten planen konnten. Heute noch seh‘ ich die jungen Lämmer vor mir, wie sie das erste Mal raus in den Garten hüpfen und springen: Freude, Quietschen, Seligkeit. Nach ein paar Stunden mussten sie wieder zurück in den Stall. Noch war es in den Abendstunden zu kalt für die Kleinen. Aber ich schlief ja auch im Haus.

Viele, die mit mir im Kindergarten waren, hatten daheim keinen Garten. Oder maximal so einen Schrebergarten, der sogar für Hamster aus Tierschutzgründen verboten ist. Auslaufgehege für Städter. In unseren Garten dagegen passte alles rein: der Gemüsegarten, die Obstbäume, die Wiesen, die Schafe, Vati – und einmal im Jahr eben auch meine Kindergartengruppe. Erst Schafe gucken, dann Indianer spielen. Mit Heimvorteil: Anja, Oliver, Andi und ich kannten unsere Prärie… Wie gut, dass ich meinen Eltern kein Dankeschön vorsingen musste. So etwas wie „Unsere Heimat, das sind nicht nur die Felder und Hügel..." oder die *Internationale*. Es ging da einfach nur um die Schafe und ihre Lämmer, um unsere Freude an den Wollknäueln. Ums Leben eben. Nach unserem Gartenausflug sollten wir im Kindergarten dann immer Schafe malen. Weiße Schafe auf weißem Papier. Sehr gescheit. Aber wenigstens brauchten wir eine Woche lang keine Fahnen malen. In unserem Garten gab es ja keine. Und die rote Farbe war eh immer so schnell aus.

Dann wieder war der Fotograf angekündigt und wir sollten alle mit gekämmten Haaren kommen. Er wollte Schwarzweißbilder von uns machen. Gab es andere? Die Kindergartentante war nervös. Wir auch. Jeder wurde sogar einzeln fotografiert. Dazu sollte ich ganz locker vor den Bauklötzen sitzen und spielen. Aber ich war so aufgeregt, dass ich zu weinen anfing. Deshalb sieht man mich auf dem Kindergartenfoto vor den Bauklötzen sitzen: mit großen Augen, die vor Angst geweitet sind, und mit gequältem Lächeln. Ich hatte übrigens ein rotes Kleidchen an, falls sich jemand dafür interessiert. – Also, sehr geehrte Damen und Herren der Springer-Presse! Mir ist es, wie Sie sehen, im Osten wirklich schlecht gegangen! Von den offiziellen Repressalien gar nicht erst zu sprechen! Schon das Fotografiert-werden hat mich fertig gemacht! – Dabei haben sich alle Umstehenden damals solche Mühe gegeben. Meine Kindergartentante hat sich wie ein Affe benommen. Und mir war immer noch zum Heulen.

Eines Abends erklärte ich zu Hause, dass wir die DDR doch auch im Westen als tolles Land vorstellen könnten. Warum sollte das nicht gehen? Aber wirklich ernst hat meine Familie meinen Vorschlag nicht genommen. Mein Bruder Matthias zum Beispiel schlug Ramadan-Reisen in die DDR vor: Da es bei uns eh immer dunkelgrau sei, könnte man schon mittags das Fasten brechen. Ich verstand ihn nicht. Axels Idee kam mir einleuchtender vor: Wir dachten uns den ganzen Abend Kaffee-Fahrten für Wessis aus. Eine tolle Geschäftsidee. Ich rechnete schon, wie viele Gläser ich noch zur Sammelstelle tragen musste, um die Propaganda-Trommel für diese Reisen rühren zu können.

Die Kindergartentante hat uns aber auch wahrhaft Wichtiges gelehrt. Zum Beispiel, dass die Vopos* unsere Freunde sind, und dass sie uns helfen, wo es nur geht. Außerdem stand jeden Morgen einer an der Ampelkreuzung in Luckenwalde. Ich nehme mal an, dass der gute Mann die Ampel kontrollieren musste. War ja die einzige. Im Kindergarten war aber auch die Partei wahnsinnig wichtig. Gerade, dass sie uns nicht jeden Tag das Mittagessen servierte. Aber vielleicht tat sie das ja! Konnte ich wissen, was die Partei in der Küche alles machte? Wir Kleinen sollten uns natürlich auch schon einbringen

* *Ostdeutsche Exekutive, Volkspolizei mit Null Hang zum Humor.*

und mitbauen am Friedensstaat auf deutschem Boden. Die älteren Gruppen waren daher immer dafür zuständig, den Rathaussaal von Luckenwalde für die Wahl zu schmücken. Also malten wir DDR-Fahnen. Malen als Kinder-Massenbewegung.

Einmal waren dann Leute von der NVA* bei uns im Kindergarten. Ein Offizier und ein einfacher Soldat wurden uns vorgestellt, die von der Wichtigkeit der NVA erzählt haben. Und davon, dass die Nationale Volksarmee uns vor den imperialistischen Übergriffen schützen würde. Ich stellte mir darunter so etwas wie eine Grippe vor, die durch Westfernsehen übertragen wurde. Und nahm mir vor, bei ARD und ZDF nicht mehr so dicht am Bildschirm zu sitzen.

Wir Mädchen bekamen bei dieser NVA-Werbe-Veranstaltung nur Rollen in der zweiten oder dritten Reihe zugewiesen: Köchinnen und Sekretärinnen wurden immer gesucht beim Heer. Zwar trug man auch mit dem Kochlöffel in der Hand zum Aufbau des Sozialismus bei, aber eben im Windschatten. Nur gut, dass der Arbeitskräfte-Mangel so eklatant war, dass Frauen doch auch andere Berufe angeboten wurden. Jedenfalls arbeiteten einige Mädchen zum Beispiel als Lehrlinge in der Autowerkstatt meines Onkels in Wittenberg.

Unsere kleinen Jungs aber waren von der NVA begeistert: dicke Autos, ungewaschene Füße und mit Waffen schießen. Aber auf wen eigentlich? Jedes einzelne Tier im Wald musste doch erst vom Jäger freigegeben wer-

* *Nationale Volksarmee mit zuletzt 156.000 aktiven Soldaten, bei 18 Monaten Wehrpflicht (entspricht 0,95 % Anteil an der Gesamtbevölkerung).*

den. So, wie der sich manchmal aufspielte, hätte er am liebsten Zielscheiben auf die Fuchs- und Wildschweinbäuche gemalt. Eher nebenbei fragte ich mich, ob man durch das Ding, das der Offizier in der Hand hielt, wirklich sterben konnte. Das meinten die doch nicht ernst? Wenn wir nämlich vormittags Indianer spielten und mit unseren Finger-Pistolen aufeinander schossen, gingen wir dann ja trotzdem alle zusammen Mittagessen. Auf Menschen schießt man eben nicht wirklich. Beim Thema Schießen bin ich dann auch ausgestiegen. Kalter Krieg hin oder her, in diesem Fall stand das Wort meiner Eltern gegen das des Offiziers. Der konnte mich mal mit seiner Berufsinformationsstunde.

Anno 1978 waren meine Brüder Axel und Matthias schon mit der Pflichtschulzeit fertig, und meine Schwester Karin war diesbezüglich in der Zielgerade. Nur ich war immer noch ein Kind. Mitbekommen habe ich damals, dass Matthias zum Militär musste, Axel aber nicht. Die NVA hatte sich zur Aufgabe gemacht, den Arbeiter- und Bauernstaat notfalls mit einem „gerechten Krieg“ vor den Feinden des Friedens zu schützen. Das klang auf jeden Fall nicht nach einem Kleinkrieg ums Frühstücksei. Den Bürgern in jedem Land wird es als etwas besonderes Ehrenhaftes verkauft, das eigene Land verteidigen zu können. Wir in der DDR kämpften schließlich für ein noch höheres Ziel: Irgendwann würde es mal den Kommunismus auf der ganzen Welt geben. Dafür galt es jetzt bitte mal hart zu arbeiten und Schießen zu üben. Der Tod war in den Plan inkludiert. Klingt ganz nach den Vertröstungen der Kirche.

Meine Brüder hatten beide versucht, drum herumzukommen. Ich schlug lackierte Fußnägel vor. Sie aber wählten die altbewährten Mittel, Hornbrille, krummer Rücken und schlechte Knie, um bei der Musterung im GST*-Lager möglichst unsportlich zu erscheinen. Axel kam damit durch, bei Matthias reichte es nicht. Hätte er sich *doch die Fußnägel...* Aber er war ja so was von geeignet für den Dienst am Vaterland. Also hieß es, auf den eingeschriebenen Brief warten, der meinem Bruder Brigade und Kaserne zuordnete.

Matthias war dann bald auf der anderen Seite der Republik stationiert, in Prora, einem der nördlichsten NVA-Stützpunkte der DDR. Die sozialistische Armee wurde für die nächsten eineinhalb Jahre sein neues Zuhause. So richtig zackig, mit Rangordnung und Hühnerleiter. Die gängige Hackordnung galt auch bei uns: Offizier, Unteroffizier, dreijähriger Berufssoldat, normaler Soldat, Bausoldat. Mit jeweils 27 Rängen dazwischen. Matthias wurde Bausoldat. Und war damit am Ende der Nahrungskette. Ich fragte mich damals, was die vielen Bausoldaten nur den ganzen Tag tun würden. Die Mauer stand doch schon. War angeblich für die Ewigkeit gebaut. Der Unteroffizier meines Bruders wusste offenbar auch nichts anderes als Schützengräben schaufeln und Schützengräben zuschütten. Was halt so wirklich sinnvoll ist. Mein Bruder musste also in Prora das Land umgraben: für den Sozialismus, die Bruderfreundschaft und unsere Heimat.

Im Gegensatz zu den Beschreibungen anderer Bausoldaten ging es meinem Bruder aber ausgesprochen gut.

* *GST: Gesellschaft für Sport und Technik. Übernahm höchst verantwortungsvoll die Musterung.*

Matthias entschied sich nämlich, die Zeit halbwegs sinnvoll zu überstehen, um nicht ganz der Verblödung anheimzufallen. Dazu bekam er von meinem Vater ein Buch über die Beerenvielfalt an der Ostsee geschenkt und besorgte sich ein anderes vom Flohmarkt: *Großmutters Einmachrezepte*. So kam's, dass Matthias in regelmäßigen Abständen selbst gekochte Marmelade von der Prora-Front nach Hause schickte. Endlich mal eine Soldatengeschichte der anderen Art.

Mein Bruder Axel musste dank Hornbrille nicht zur NVA. Er zog in Blitzzeit die Abendschule durch. Wie immer er das gemacht hat. Politisch waren wir Christen ja alle nicht tragbar, aber die Abendschule konnten sie uns nicht verbieten. So habe ich meinen Bruder Axel über Jahre hinweg wissbegierig, strebsam und lernend erlebt. Schließlich studierte er „Chemischen Anlagenbau" in Magdeburg. Eines Abends stand er ohne Vorankündigung in der Tür. Er hatte sich kurzfristig Urlaub genommen. Einige seiner Kommilitonen waren festgenommen worden, weil sie in Magdeburg im Suff mehrere Gullydeckel bunt angestrichen hatten. So etwas wurde als staatsfeindliche Handlung ausgelegt. Das Argument, dass eh viel Rot verwendet worden sei, half bei der Festnahme nichts. „Kunst" und „Graffity" waren den Vopos kein Begriff. Und Witz war ihnen von Amts wegen verboten. Es stellte sich heraus, dass sich die Genossen des Universitätsrates bedroht fühlten. Von einem Studentenstreich. Axel hatte sich entschieden, einige Tage Ferien zu machen, bis sich die Lage wieder beruhigt haben würde. Ich verstand die ganze Aufregung damals gar nicht. Gut, es hieß, dass Volkseigentum nicht angeschmiert werden dürfe. Aber ich war auch *Volk* und fand bunte Gullydeckel in Magdeburg einfach weltklasse. Was für eine Stadt!

Bunt war überhaupt so ein großes Thema im Osten. Das wirklich Bunte setzte sich aus einer Mischung aus Dunkelgrau und Anthrazit zusammen, viele Häuserfronten waren so verziert, abgegrenzt vom weißen Hausschimmel zum Hellgrau der oberen Stockwerke. Man konnte sich zwischen diesen grauen Häuserfronten verlaufen und umkommen. Überlebenstraining im Alltag. Die Russen haben vierzig Jahre gebraucht, bis sie wieder rausgefunden haben. Aber ich habe überlebt in dieser Grauzone, im Land der Schwarzweißfotografie. Das Gräuliche des real existierenden Sozialismus war nicht nur eine politische Beschreibung.

Sogar die Zonenversion der *Blümchenkinder* tendierte zur Eintönigkeit: Sie trugen dezentes Aschgrau. *Blümchenkinder* stehen übrigens in keiner Verbindung mit *Blümchenkaffee*. Die Gründung der Meißner-Porzellan-Manufaktur und Bachs Kaffeekantate führten zu der Annahme, dass zumindest dünner Kaffee nicht so schlecht sein konnte. Eine Drogendiskussion in den deutschen Landen des 17. Jahrhunderts war dem vorausgegangen. Wenn das Blümchen am Boden des Meißner-Porzellans zu sehen war, war der Kaffee dünn genug. Der Kaffee wurde aber auch bei uns zu Hause dünn getrunken. Ohne Blümchen am Tassengrund. Kriegsgeneration.

1979/80 war mein letztes Kindergartenjahr. Wir waren nun die Großen, nach uns kamen nur noch Stöpsel. Dafür sollten wir aber auch Vorbilder sein, was mich überhaupt nicht interessierte. Ein paar Wochen davor nämlich war Sigmund Jähn mit den Russen ins All geflogen. *Einer von uns* ein gefeierter Held! So wie er wollte ich werden! Zum Mond fliegen, das war's. Die Erwachsenen sprachen immer von Reisefreiheit und davon, dass uns die Mauer nicht rausließ. Dabei war zum Mond fliegen das Thema der Zukunft. Merkte denn keiner, dass ich mich nun wirklich nicht um die Kleinen im Kindergarten kümmern konnte?

Einmal hat mich meine Familie mit unserem 311er Wartburg vom Kindergarten abgeholt. Wir machten mitten in der Woche einen Ausflug zu unserer Datscha, dem Wochenendhaus meiner Eltern, und Mutti fragte mich im Auto, was ich am Vormittag im Kindergarten gelernt hätte. Also sang ich ihr das Lied „Vom großen sozialistischen Bruder" vor. Nachdem die Familie ihre Fassung wiedergewonnen hatte, begann mein Bruder Matthias mit mir zu streiten: „Das sind nicht unsere *großen sozialistischen Brüder*! Das sind *Russen*!" Was ich jetzt genau gar nicht verstand: Meine Kindergartentante hatte doch... Mutti bat uns um Ruhe. Außerdem würde ich eh bald in die Schule gehen und meinem Bruder das Lied aufschreiben können. Damit er es auswendig lernen könnte. Blödmann! Von meinen Eltern habe ich einfach nichts Systemkritisches gehört. Bis auf die alltäglichen Honecker-Witze während des Abendessens. Um des Lachens willen. „Galgenhumor", erklärte mir mein

Bruder erst viel später. Keiner sagte mir, dass dieses System ordentliche Risse hatte. Oder haben sie nur mit der Kleinen nicht darüber gesprochen? Aber wer durfte jetzt „Russe“ sagen und wann sprach man von „unseren sowjetischen Brüdern“? 1980 war unsere Welt ja vielleicht noch halbwegs in Ordnung. Jedenfalls hoffte damals jeder auf ein bisschen mehr privaten Luxus. Der 17. Juni 1953* war längst vergessen. Man hat es sich eben auch ein bisschen bequem gemacht, im Land der Arbeiter und Bauern. Und an die Russen im Wald waren wir gewöhnt. Die Russenkasernen rund um Luckenwalde hörten auf den freundlichen Namen Stalag 1 und Stalag 2**. Im Zweiten Weltkrieg waren es noch Kriegsgefangenenlager, Stammlager. Dann machten es sich unsere *Brüder* dort gemütlich. Der Nazi-Name aber blieb in den Köpfen picken.

Dann stand das letzte Weihnachtsfest vor meiner Einschulung bevor. Wochenlang war ich meinen Eltern damit in den Ohren gelegen, dass meine Kindergartenkollegen alle vom Weihnachtsmann Besuch bekommen würden. Meine Eltern fanden den Typen unnütz, zahlen musste man ihn auch noch. Ich aber vermutete, dass der Weihnachtsmann bessere Geschenke bringen würde als die Eltern. Deshalb wollte ich auch einen Weihnachtsmann am 24. Selbst die Erklärung, dass ich mir die Geschenke direkt bei meinen Eltern abholen könnte, von denen sie der Weihnachtsmann am Abend zuvor bekam, überzeugte mich nicht. Weihnachten 1979 kündigte sich schließlich der Weihnachtsmann an. Angst ist gar kein Ausdruck: Der Rockzipfel meiner Mutter war mir schon

* *Arbeiter- und Bauernaufstand nach Erhöhung der Reparationszahlungen an die Russen. Blutig niedergeschlagen.*

** *Eigentlich: Stalag III A und Stalag III B*

um elf Uhr vormittags zu kurz. Was, wenn er mich nach dem Geburtsdatum von Rosa Luxemburg fragte? Oder danach, wo sie geboren war? Polen? Womöglich musste ich alle Strophen der *Internationale* singen! Kinderphantasie ist etwas Grausames. Der DDR-Weihnachtsmann kam, war ganz brav und ging wieder. Frohe Weihnachten!

Am 12. Juni 1980 war dann mein letzter Geburtstag im Kindergarten. Inzwischen hatte ich überrissen, wie das mit dem Kuchen klappte. Ich schenkte der Kindergartentante einfach zum Lehrertag einen Kuchen, und wir durften ihn an meinem Geburtstag essen. So gab's jedes Jahr Kuchen. Ich war damit die Heldin und sonnte mich in dieser Position. Aber im letzten Jahr bin ich abgeblitzt mit meinem Kuchen. Meine Kindergartentante war zu nervös, und irgendjemand faselte vom „Kalten Krieg", was er eben von seinen Eltern aufgeschnappt hatte. Was war denn nur los? Es stellte sich heraus: In wenigen Wochen sollten die Olympischen Sommerspiele in Moskau beginnen. Die USA hatten schon abgesagt, die BRD im Grunde auch, war aber in den Augen meiner Kindergartentante ein Wackelkandidat. Sie meinte uns gegenüber, dass die BRD nur Schiss vor unseren guten Sportlern hätte. Diese Feiglinge! Also mussten wir wieder nur rote Fahnen malen. An meinem letzten Geburtstag. Dass letztlich fünfzig Länder die Spiele in Moskau boykottiert haben, weil die Russen ein halbes Jahr zuvor in Afghanistan einmarschiert sind – einfach so – war bei der lieben Tante kein Thema. Ich indes kannte ja nur die Seite der BRD. DDR-Fernsehen hat in unserer Gegend keiner freiwillig geschaut. Natürlich waren unsere Sender eingestellt, damit wir, falls eine Kontrolle kam oder jemand von der Kreisleitung vor der Tür stand, in Windeseile auf Schnitzlers* „Schwarzen Kanal“ umschalten konnten. Ich wusste zwar nicht mehr genau, was die am Vorabend in den ARD-Nachrichten gesagt hatten. Aber auf jeden Fall etwas anderes. Irgendeiner log hier.

Als ich am Abend meinen Eltern erzählte, was meine Kindergartentante zur Absage der BRD gesagt hatte, meinten sie nur: „Is‘ in Ordnung, die Welt passt wieder!“ Gab mich zufrieden, erzählte von meinen drei roten Fahnen, die ich heute gemalt hatte. Und aß die letzten Krümel meines Geburtstagskuchens.

Meine 5-Tage-Woche

Luckenwalde ist viel zu klein, als dass es auf der Landkarte fettgedruckt wäre. Eine Gegend. Nicht mal gottverlassen. Eine ländliche Welt, in der Anstand, Durchhaltewille und Pioniergeist einhergingen mit Konformismus, Misstrauen und gnadenloser Langeweile. Ohne schlechtes Gewissen konnte man Luckenwalde eine echt dröge Stadt nennen. Durch die sieben Schulen hätte was los gewesen sein können. Doch es war nichts los. In dieser Stadt wusste man bei seiner Einschulung, wer einen begraben würde. Klingt elend, wenn ich‘s so lese, und unstimmig. Gab ja doch die Eisdiele hinter dem Markt-

* *Der Chefkommentator des DDR-Fernsehens – auch Hyäne des Äthers genannt – spie allwöchentlich in der Sendung Schwarzer Kanal Hasstiraden gegen den Westen aus. Applaus gab‘s dafür nur von den Betonköpfen.*

platz, wo man sich traf. Mit immerhin drei Eissorten: Vanille, Schoko, Erdbeere.

Am 1. September 1980 wurde ich eingeschult. Mit einem riesigen Tam-Tam. Erst in der Wilhelm-Pieck-Schule* und dann zu Hause im Garten. Meine Eltern mussten die ganze Siedlung eingeladen haben. Ich fand das toll. Diesmal war ich der Grund der Party. Matthias, mein Bruder, fragte mich, ob ich mich freute. Und ich konnte nichts sagen. Ich war zu aufgeregt. Viele aus meiner zukünftigen Klasse kannte ich schon. Meine Kindergartenkollegen und zwei, drei zugezogene Kinder aus der Nachbarschaft. Die konnten das Lied vom „sozialistischen Bruder" auch. Meine Kindergartenkollegen waren erfahrene Recken: Anja, Nanette, Andi, Markus und Oliver. Blutsbrüder und Schwestern, Ritter vom Kinder-Manifest, Verschworene. Bald kamen noch Andrea und Jeanette dazu. Oliver sollte der einzige sein, der Jahre später einmal von einer beschissenen Schulzeit reden würde.

Eines war uns jedoch allen klar: Das freie Indianerleben war nun vorbei, Winnetou und diese Frau – wie hieß die doch gleich? – gehörten der Vergangenheit an. Vielleicht fanden wir es mittlerweile ja auch kindisch. Jetzt, da wir in die Schule gingen und uns so groß fühlten. Fest stand die ersten paar Schuljahre hindurch jedenfalls: Oliver und ich würden heiraten. Wir malten uns bereits unsere Hochzeitsreise an die Ostsee aus. Mit sieben! Mutti meinte immer, ich solle mit einer solchen Entscheidung noch warten. Es gebe noch eine Menge zu erleben. Aber das

* *Wilhelm Pieck: erster und einziger Präsident der DDR von 1949 bis 1960*

konnte ich doch auch mit Oliver! Da man in der ersten Klasse für die Eheschließung jedoch die Einwilligung der Eltern benötigte, wollten wir warten, bis wir mit der Volksschule fertig waren. Dabei erschreckte mich allein die Vorstellung, irgendwann zehn zu sein. Wir wollten größer sein, als wir waren. Aber gleich so viel älter?

Meine Mutter hatte schon vor Schulbeginn einige Verabredungen mit der Direktorin. Ich blieb dann meist im Sekretariat sitzen. Genosse Honecker grinste auch hier aus dem kackbraunen Bilderrahmen. Den kannte ich bereits aus dem Kindergarten. War hier wohl auch so etwas wie Kindergarten. Als meine Mutter wieder aus dem Direktorenzimmer kam, packte sie mich und ging, mit mir im Schlepptau, grußlos davon. Der Satz, den ich auf dem Nachhauseweg von ihr hörte: „Am Sabbat ist Einschulung, und das wird der einzige Samstag sein, den du in die Schule gehst, bis du alt genug bist, das selbst zu entscheiden."

Meine Eltern sind Christen, Sabbat haltende Christen. Das fiel auf im Osten. Aber woher hätte ich damals wissen sollen, was die anderen am Samstag machten? Völlig wurscht für ein Kind. Ich kann mich nicht erinnern, dass mir irgendjemand erklärt hat, es gäbe keinen Gott. Okay, man sagte in der Öffentlichkeit nicht, dass man Christ war. Aber zu Hause sprach meine Mutter von Glaubensfreiheit und davon, dass sie Honecker einen Brief schreiben werde. Tatsächlich ging es um die Zurechnungsfähigkeit meiner Eltern. Arbeitslager oder Gefängnis, das würden die von der SED-Kreisleitung entscheiden.

Ein Kind mutwillig von der gesetzlichen Schulpflicht abhalten, bei völliger Klarheit des Geistes, das war Systemkritik. Die roten Socken der Genossen dampften. Der Sozialismus der DDR gewährte zwar Glaubensfreiheit, aber ganz sicher waren wir uns damals nicht. Wer war schon *sicher* in diesem Staat? Vielleicht waren wir jetzt Staatsfeinde? Oder Rechtlose? Es gibt in jedem System mutige Menschen. Meinen Eltern sind drastische Handlungen erspart geblieben, aber sie haben durchaus Mut bewiesen. Zumindest bei mir, bei der Jüngsten.

Mutter schrieb tatsächlich an Erich Honecker, und ich war die Erste in Luckenwalde, die samstags nicht zur Schule ging. Was ich in meiner ersten Schulwoche gelernt habe: Es gibt Kinder, die sechs Tage zur Schule gehen, und es gibt ein Kind, das fünf Tage zur Schule geht: ICH. Der Deal mit der Direktorin war, dass wir es bis zum Halbjahreszeugnis versuchen sollten. Ich würde die Schule ohnehin nicht schaffen. An mir sollte also ein Exempel statuiert werden. Schlagartig hieß es, gut sein, obwohl mich die Schule, wie ich meinte, nicht wirklich etwas anging. Lesen und Schreiben lernen, das wollte ich. Aber auf einmal stand ich im Rampenlicht. Sie war zu Ende, die kalkulierte Unauffälligkeit, die das Verhalten meiner Eltern bis dahin dominiert hatte. Jetzt wusste die ganze Schule, dass ich anders wohnte, anders erzogen wurde und mehr lernte als andere in meiner Klasse. Und das ohne Schule am Samstag.

Einige Lehrer ließen mich spüren, dass ich nicht dazugehörte und dass ein christlicher Lebensentwurf im realen

Sozialismus keinen Platz hatte. Aber jeden Morgen saß ich wieder auf meinem Platz in der zweiten Reihe. Hätten mich ja wegzaubern können, wenn das Problem so groß war, wie sie taten. Aber selbst im Osten gewöhnte man sich langsam an Sabbat haltende Christen. Ich war zwar immer diejenige mit den meisten Fehlstunden in der Stadt, aber sie konnten mir bald nichts mehr anhaben. Ich war Klassenbeste. Das einzige Mal in meinem Leben. Doch dieses eine Mal war es verdammt wichtig.

Außerdem wurde ich „Jungpionier". Wenigstens etwas, das ich wie alle machte. Als Jungpionier trug man ein weißes Hemd mit blauem Halstuch. Sehr hübsch. War auch als *freiwillige* Schulkleidung gern gesehen. Und verpflichtend – mit korrekt sitzendem Pionierknoten überm gestärkten Hemd – beim montäglichen Fahnenappell. Wie lange wir mit unseren Kinderhänden diesen Knoten geübt haben! Meine Pioniernachmittage waren mittwochs und donnerstags. „Jungpioniernachmittage", eine klasse Sache. So was wie Beschäftigungstherapie für Sechs- bis Zehnjährige. Mit Gruppenbuch. Dort wurde alles eingetragen, jedes Mal von jemand anderem, meist aber von denen mit der halbwegs leserlichen Schrift. Im ersten Jahr wurde nur das Datum hineingeschrieben und ein Bild zu jedem Pioniernachmittag gemalt, später kamen kurze Sätze dazu. Am Ende des Schuljahres war es schon fast ein ganzer Absatz, der zu jedem Bild dazugeschrieben wurde. Ich kannte solche Bücher von den Kindergottesdiensten, wo ich alles mitmalte. Gott soll ja auch so ein Buch haben, in das er alles einträgt. Bei den Jungpionieren wurde zuerst mal das Datum notiert und alle Fehlenden vermerkt. Dann wurde ausgewählt, wer an diesem Nachmittag die Aufgabe erhielt, mitzumalen oder mitzuschreiben. Solange wir noch malen durften, war ich immer freiwillig dabei. Irgendwann hieß es dann aber, das sei kindisch. Von da an meldete ich mich nicht mehr. Schreiben und Lesen konnte ich wirklich nicht gut. Die Texte, die wir zu Hause lesen üben sollten, lernte ich lieber auswendig. Sicherheitshalber. Aber es wurde immer schwieriger. Ich konnte ja nicht ganze Kinderbücher auswendig lernen.

Der einzige Pioniernachmittag, an den ich mich auch ohne Gruppenbuch bis heute noch erinnere, war der zum Thema „deutsch-sowjetische Freundschaft". Man hatte uns in den Tee-Salon im Pionierhaus eingeladen. Da wir vorher noch nie dort gewesen waren, stellte ich mir darunter so was wie das Allerheiligste vor. Im ersten Stock, hinten links, hieß es dann Schuhe ausziehen. Als die Tür aufging, eröffnete sich uns eine andere Welt: Alle romantischen Stereotype einer russischen Märchenwelt wurden Wirklichkeit: Teppiche, runde Sitzkissen, Samowar, viel Goldzeugs. Von da an stellte ich mir das Zuhause unserer sowjetischen Schutztruppen immer wie einen Teppichladen aus „Tausend und eine Nacht" vor. Die Teppiche waren sehr gepflegt beziehungsweise selten benutzt. Unsere Teppiche zu Hause mussten den Gummistiefeln meines Vaters standhalten und sahen anders aus. Die vor mir waren gemütlich, flauschig, vielleicht einfach nur neu. Das Lümmeln am Fußboden hatte dann gar nichts von einem typischen Pioniernachmittag. Drei Soldaten, mit hohen Wangenknochen, karg, etwas blass und fast Glatze, scharten sich um einen riesigen Samowar und kochten russischen Tee. Warum jetzt hier von „russischem Tee" und nicht von „sowjetischem Tee" gesprochen wurde, traute ich mich nicht zu fragen. Vielleicht ein altes Etikett? Wobei mir die Oktoberrevolution nun doch ein wenig weit weg vorkam. Als der Tee verteilt wurde, hieß es, auf die Tassen aufpassen. Würde das gut gehen? Die Soldaten begrüßten uns einzeln, und unsere Pionier-Vorsitzende übersetzte jedes Wort. Ganz schnell, wie immer sie das gemacht hat. Tolle Sprache, netter Nachmittag, nur zwei umgekippte Tassen. Guter Schnitt. Der blasse Soldat holte sogar noch seine Balalaika hervor, und das Lied vom „sozialistischen Bruder" wurde gesungen. Dann *Die Moorsoldaten* und die *Internationale.* Das Singen machte mir Spaß, und ich fühlte mich mit meinen Teppich-Brüdern verbunden. Alle bekamen wir dann einen roten Stern zum Anstecken geschenkt: als Zeichen unserer Freundschaft mit dem Sozialismus. Lenin hatte auch einen solchen Stern an seiner Mütze. Ich fühlte mich in guter Gesellschaft und war mächtig stolz darauf. Drei aus meiner Klasse durften sich dann freiwillig melden, um ihr Pioniertuch herzuschenken. Ich traute mich nicht. Was für eine nette Zeit im sozialistischen Teppichladen! An diesem Nachmittag hätte ich gern einen roten Stern ins Gruppenbuch gemalt. Den konnte ich noch aus dem Kindergarten, wo wir genug rote fünfzackige Sterne geübt hatten. Aber Malen war ja nicht mehr angesagt.

Einige Jahre später sollte dieses Pionierhaus mit seinem Teppichladen nochmals wirklich wichtig für mich werden.

Durch den Klavierunterricht, den ich ab dem sechsten Lebensjahr erhielt, bekam ich eine gute musikalische Ausbildung. An der Aufregung, vor Publikum zu spielen, änderte das leider nichts. Dem Forschungsprojekt „Herzschrittmacher für Kinder an staatlichen Musikschulen" hätte ich damals mein gesamtes Taschengeld überwiesen. Und dann das: Im Pionierhaus wurde eine Band namens „Lucky" gegründet, und ich wurde gefragt, ob ich mitspielen wollte. Sie brauchten noch eine Keyboarderin. Man erklärte mir, ein Keyboard sei so etwas wie ein Klavier, nur mit weniger Tasten. Also zwei Oktaven weniger. Ich sagte zu. Toll. Und dieser originelle Name: „Lucky" aus Luckenwalde. Half sicher beim Berühmtwerden. Was meine Eltern betrifft, war das eine größere Herausforderung. Ich wusste, dass sie nicht auf Popmusik standen. Aber ich durfte schließlich doch mitspielen, weil sie hofften, ich würde dadurch meine Aufregung beim Spielen vor Publikum verlieren. Hatten die eine Ahnung. Man kann sich auch in der Gruppe fürchten.

Bald darauf probten wir einige Songs aus dem Westen. Depeche Mode, Sinead O' Connor, Cure, Udo Lindenberg. „Ich lieb Dich überhaupt nicht mehr, es ist aus, vorbei und lange her." Kannten wir alles von RIAS 2, dem „Radio aus dem amerikanischen Sektor II". Und das, Leute, probten wir im Epizentrum der „deutsch-sowjetischen Freundschaft", im Pionierhaus! Dabei durften wir uns auf dem Schulhof nicht mal flüsternd über die neuen Songs aus dem Westradio unterhalten. Westradio? Ui. Pfui. Schwer verboten. War ein Lehrerohr dabei, setzte es ekelige Diskussionsbeiträge über wahre Werte & Co.

Meinem Radiogerät Marke „Sonette" musste ich zur Verstärkung Alu-Bügel aufsetzen, um RIAS 2 zu empfangen. Nur aufnehmen konnte „Sonette" nicht. Dazu brauchte es ein Extra-Gerät, das dann über das Plaste-Mikro freilich auch gleich alle Umgebungsgeräusche aufnahm. Nur wenn das Mikro direkt vor den Lautsprecher gespannt war, wurden die Geräusche zweiter Priorität fast überhörbar.

Eine Kassette voller Westsongs war unter diesen Umständen Gold wert. Und so war derjenige, der schon wenige Tage später die neuen Songs auf eine Kassette gebannt hatte, ein Held. Für uns von „Lucky" hieß das dann: stundenlanges Abhören. Mangels Noten mussten wir Akkord für Akkord runterhören. Immer wieder. Immer wieder. Und, ich schwöre, jedes Mal bei Minute 2.24 kam garantiert einer meiner Brüder ins Zimmer und holte mich zum Essen. Eine Menge Aufwand für ein paar Akkorde. Adolf Hennecke* jedenfalls kam mir mit seiner Akkord-Arbeit ganz nah. Noten-Runterhören hat sich nicht zum Mainstream hin entwickelt. Macht nichts. Ist halt noch so ein Ding, dass wir Ossis der Welt voraus haben.

Am Ende versuchte ich mich sogar im Texten für einen eigenen Song. Gesucht war ein Lied über unsere Heimat mit viel Lob auf den Sozialismus. Dem Gewinner winkten 150 Mark. Durch sieben „Luckys" machte das etwa 21 Mark für jeden. Eine Menge für eine Zwölfjährige. Ich wollte also den besten Sozialismus-Song der letzten dreißig Jahre schreiben. Die literarische Raffinesse von Modern Talking diente mir als Vorbild. Schließlich gab's die auf RIAS 2 rauf unter runter und halb Ost-Land

* *Am 13.10.1948 übertraf Adolf Hennecke sein Soll um 387 Prozent (da schaust!). Er wurde Nationalpreisträger und Initiator der nach ihm benannten Akkord-Bewegung, die die Arbeitsproduktivität nicht nur durch vermehrte körperliche Anstrengung, sondern auch durch besseres Durchdenken der Arbeitsmethoden steigerte. – Will jemand noch ein Bier?*

summte „Cherry, Cherry Lady“. Am nächsten Morgen überreichte ich meinen Eltern den Text, den ich mir für unsere 150-Mark-Prämie ausgedacht hatte:

Das Ende des Kapitalismus

Kommunismus kommt bald.
Kommunismus kommt bald.
Kommunismus kommt bald.
Kommunismus kommt bald.
Kommunismus kommt bald.
Kommunismus kommt bald.
Kommunismus kommt bald.
Kommunismus kommt bald.
Kommunismus kommt bald.
Kommunismus kommt bald.
Was kommt bald?
Kommunismus.

Kommunismus ist nah.
Kommunismus ist nah.
Kommunismus ist nah.
Kommunismus ist nah.
Kommunismus ist nah.
Kommunismus ist nah.
Kommunismus ist nah.
Kommunismus ist nah.
Kommunismus ist nah.
Kommunismus ist nah.
Was ist nah?
Kommunismus.

(Beide Strophen werden dreimal wiederholt.)

Meine Eltern erzählten mir erst Jahre später, dass sie wochenlang an Schlafstörungen litten, weil immer einer von beiden mit dem Lachen begann. Was das Ende der Müdigkeit markierte. Die Band weigerte sich, so etwas zu vertonen. Das sei Dadaismus, wovon ich nichts verstehen würde. Was wollten die? Ich kapierte jedes Wort von meinem Lied. Und außerdem wurde alles eh ganz oft wiederholt. Das schnallten sicher auch die ganz Langsamen. Modern Talking, Marke Ost, sollte nicht sein. Die 150 Mark kriegten andere.

Ungefähr zu dieser Zeit war‘s wohl, dass ein Mann zu uns nach Hause gekommen war, der mit meinen Eltern flüsterte. Sollte ich nicht hören, was vor sich ging? Aber Kinderohren hören alles, vor allem das, was sie nicht hören sollten. Der Mann fragte meine Eltern, ob sie ihm über unseren Westonkel nicht Kaffee besorgen könnten. Er habe mit einigen Freunden in einer Druckerei heimlich russische Bibeln gedruckt, die er mit nach Moskau nehmen wollte. Bibelschmuggel wurde nicht mit ostdeutschem Gefängnis bestraft, sondern mit russischem Gulag. Das Wort hatte ich bisher nur aus russischen Romanen gekannt. Diese Lager gab's noch? Und der Fremde wollte trotzdem einen Koffer russischer Bibeln in die Sowjetunion schmuggeln? Falls sein Koffer aufgemacht würde, sollte eine Lage Westkaffee auf den Bibeln liegen. Damit würde er durchkommen. Entweder mit Bestechung oder weil den Zöllnern die Augen übergingen. Als ich meine Eltern später fragte, was das denn für ein Typ gewesen sei, meinten sie, dass er ein mutiger Christ sei, der Bibeln in die Sowjetunion bringen wollte, obwohl dort allein der Besitz einer Bibel mit Konzentrationslager bestraft wurde. Ich war beeindruckt. Solche Menschen gab es auch. Und alle lebten wir in diesem kleinen Land, Nachbar an Nachbar. Überzeugte und Mitläufer. Die stolzgeschwellte Genossen-Brust neben dem sprachlosen Oppositionellen. Ich hab nicht den geforderten gesellschaftlichen Einsatz gezeigt, wurde auch nicht erwartet von mir. Und doch machte ich all diesen Sozialisten-Kram mit. Aus Anpassung? Aus Angst? Aus Meinungslosigkeit? Ich konnte mir mich selbst nicht erklären und habe meine Überzeugung ins Privatleben zurückgedrängt. Aber wenn das Privatleben nicht zu einem politischen Leben führt, was ist dann die Perspektive? Man konnte doch nicht gespalten herumlaufen. Doch. Konnte man. Ich habe oft nichts gesagt, weil ich zu wenig Mumm hatte. Mein Widerstand blieb in mir. Ohne Worte.

Im Lenin-Hof, dem einzigen Lokal in Luckenwalde, das man Kaffeehaus nennen konnte, bin ich genau zweimal gewesen. Es gab dort kännchenweise Kaffee, Kuchen und manchmal auch Gulaschsuppe. Alles in gediegenem Porzellan, dickwandig ostdeutsch. Natürlich war Lenin nie in Luckenwalde gewesen. Aber sie taten so. Und zwar erschien, wenn man die Gulaschsuppe weit genug hinuntergelöffelt hatte, am Grund des Tellers das Scherenschnitt-Profil des Genossen Revolutionsführer. Mit einer Inschrift, die einem den letzten Rest des noch vorhandenen Appetits raubte. „Von der Sowjetunion lernen heißt siegen lernen. Druschba. Freundschaft." Und dergleichen. Es dauerte Jahre, bis ich mich wieder im

Lenin-Hof verabredete. Muss mich als Teenager schwer verstört haben.

Vor dem Lenin-Hof jedenfalls ist der Marktplatz. Mit dreizehn hat mich mein Bruder gefragt, ob ich denn kein Problem mit meinem Selbstbewusstsein hätte, weil ich nicht wie die anderen aus meiner Klasse am Marktplatz herumhing. Ich verstand seine Frage nicht. Zur Marktplatz-Partie gehörte ich jedenfalls nicht. Ich muss immer zu den falschen Zeiten da gewesen sein. Oder die trafen sich heimlich. Ohne mich. Das aber, was ich mitbekam, langweilte mich allein vom Zusehen: stundenlang mit einer Club-Cola-Flasche auf dem Marktplatz stehen. Einfach so. Später hab ich verstanden, worum's da ging. Der Marktplatz war der beste Platz für alle, die sich der Ordnung verweigerten. Abhängen, draußen stehen, am Brunnen herumlungern. Das allein war ja schon ein Skandal. „Haben die kein Zuhause?“ Die schwitzigen Blicke der ostdeutschen Bürgerlichkeit taten den jungen Leuten gut. Wer von ihnen wollte sich schon mit dunklen Schränken und Plaste-Tischen sein Leben verstellen?

Mein erster großer Schwarm war immer bei den Typen am Marktplatz. Wie die anderen mit abgeranzten Klamotten von Oma, nix von der gleichmachenden Stange. Wir hätten uns fast geküsst. Ich war im Himmel. Aber am nächsten Tag tauchte der Typ mit einer Blondine auf, nicht ahnend, dass ich mich wegen ihm durchgerungen hatte, zum Brunnen zu kommen. Gut, den konnte ich also mal abhaken. Und den Brunnen auch gleich dazu.

Ich hatte genug Aufmüpfigkeit, auch ohne Marktplatz. Ich solle mich zügeln und vorher überlegen, was zu sagen ist, hieß es in der schriftlichen Jahresbeurteilung im Zeugnis-Heft. Dabei war ich eh eine von den Braven. Nur: *Die* wollten mir halt den Mund verbieten. Sollte ich stehlen und raufen statt die Klappe aufmachen? Was war denn das für eine Welt? Die Marktplatzgruppe war kein Zuhause für mich geworden, dann lieber die Einsamkeit.

Versauern wollte ich nicht in Luckenwalde, das war meine größte Sorge. Ich verstand damals noch nicht, dass Versauern etwas mit dem eigenen Weltbild zu tun hat und nicht mit dem Wohnort. Stellt ganz schnell fest, dass man auch am Marktplatz versauern könnte und hielt mich fern. Ein Gutes hatte diese Marktplatzzeit – ich lernte Christian kennen. Eine Klasse über mir in der Schule, also einer von den Großen in der Schule. Ihn hab ich dann wie zufällig öfter getroffen. Einmal waren wir sogar zum Fernsehen verabredet. Ich durfte Christian besuchen. Oh, war ich aufgeregt. Leider wusste ich damals noch nicht, dass man sich beim Kennenlernen besser was Romantisches anschaut. Wir entschieden uns jedoch für „Gesichter des Todes". Diese Verabredung wurde dann das einzige Rendezvous in unserem gemeinsamen Leben. Wochenlang konnte ich von Horrorbildern geschüttelt nicht einschlafen. Unserer Freundschaft hat das keinen Abbruch getan. Nur ein Paar sind wir nie geworden. Beide haben wir unseren Ausflug ins Land des Grauens überlebt. Christian, als einer der wenigen der Mauerfall-Generation, in Luckenwalde. Mit Wohnzimmer-Blick auf den Marktplatz.

Genau dorthin also, wo wir alle einmal im Jahr antreten mussten. Am 1. Mai. Als Volksschüler ist es ja noch lustig, mit *Wink-Elementen* und Wimpeln an der Luckenwalder Tribüne des Bürgermeisters vorbeizuziehen. Aber als Teenager? Gruppendynamische Erniedrigung mit Verrenkungen. Frei nach chinesischem Vorbild. Mit diesen ostdeutschen Holzkeulen, die aussahen wie magersüchtige Bowling-Kegeln. Wir sollten Turnübungen vorführen, die wir Wochen zuvor im Sportunterricht geübt hatten. Damit wir wieder mal alle gleich aussahen, musste auch ich einen dieser brigadeblauen Gymnastik-Anzüge anziehen. In diesen Dingern hätte selbst Claudia Schiffer eine schlechte Figur gemacht. Und dann noch dieses Gehopse. Die Chinesen sehen wegen ihrer Körpergröße wenigstens niedlich aus. Aber wir? Natürlich waren wir nur die Vorgruppe zur Übertragung der Erich-Honecker-Rede aus Berlin. Vor-Band zu sein hat seither immer etwas Gezwungenes für mich. Kein Wunder bei den Holzkeulen. Die Unsportlichen sangen mit der Tribünenbesatzung die Nationalhymne „Auferstanden aus Ruinen…“ – eh ein schönes Lied – und ich hab mit meiner Keule zur Nationalhymne getanzt. Aber nur eine Strophe lang. Dann kam ein Krachen aus den Lautsprechern. Und noch eins. Vorführ-Effekt. Wir hofften, dass die technischen Hilfsmittel völlig versagen würden.

Unsere Sportlehrerin dagegen forderte uns auf zu jubeln, damit das Warten nicht so lang dauerte. Was für eine spontane Schnapsidee. Wir jubelten mit unseren Holzkeulen, die anderen mit Wink-Elementen und Transparenten. Währenddessen krachte es aus diesen Lautsprechern, die ins Stadtbild von Luckenwalde geradezu eingewebt waren. Man musste ja immer wieder mal schnell was in der Stadt verlautbaren. Große Töne machen und so. Endlich ein Räuspern aus den Lautsprechern, und der Marktplatz beruhigte sich. Schließlich sollten wir uns jetzt alle aufmerksam zeigen. Und Honecker begann in seiner sächsisch-nasalen Art: „KRACHEN ... dass sich die Deutsche Demokratische Republik an der Westgrenze der sozialistischen Länder als Bollwerk gegen Neonazismus und Chauvinismus bewährt wie die Sowjetunion … KRACHEN ... die uns befreit hat. Für die Deutsche Demokratische Republik … KRACHEN ... dass nur dem Sozialismus die Zukunft gehört … KRACHEN“ Gut, fertig, Abmarsch. Wir durften gehen. In Sechser-Reihen noch bis zur Ecke, dann in offener Formation. Heimweg. Keulen am nächsten Tag mit in die Schule bringen. Und für wen das Ganze? Für die Genossen? Für die Alphabetisierung Angolas? Für den Weltfrieden? In der Masse jubeln, am 1. Mai, ist ein ostdeutscher Evergreen.

Honeckers Hand

Unser Alltag in Luckenwalde war wahrscheinlich wie der in jeder anderen ostdeutschen Stadt. Die einen lebten mit Trabi, die anderen ohne. Als in der DDR dieses *Auto für jeden* eingeführt wurde, hat man dabei nur Verschiedenes vergessen. Zum Beispiel, dass siebzehn Jahre auf ein Auto warten nichts damit zu tun hatte, dass sich unser Land im imperialistischen Widerstandskampf befand. Siebzehn Jahre sind einfach verdammt lang. Dann endlich bekam man so ein Ding zugestellt. Sie nannten es Auto, wir wussten's freilich: das waren zwei Kolben mit einer Kiste drum herum, ein Pappmodell. Der gemeine Trabant, in Grau oder Gelb. Hellblau gab es immer nur bis Mitte Mai. Je nachdem, wann man zur Abholung bestellt wurde, war Hellblau noch im Angebot. Aber immerhin: Ein neuer Trabi machte auch im Osten Eindruck. Warum nur haben die nicht einfach ein schönes Modell gebaut? Ein paar andere Rücklichter, ein anderes Dach… Turnschuhe am Hutbrett machten den Trabi nämlich auch nicht sportlicher. Aber er blieb zwanzig Jahre, wie er entworfen worden war. Unter anderem immer etwas zu klein. Für große Menschen hatte die Raumaufteilung hinter dem Lenkrad etwas Erniedrigendes. Wenn die Knie am Lenkrad schleiften und sich die Ellenbogen in die hintere Sitzbank drückten, musste man nicht gleich einen Ernährungsberater aufsuchen. Schuhe werden ja auch in Größe 37 designed. Nur müssen die Typen mit Größe 41 nicht in Schuhen dieser Größe rumlaufen. Im Trabi freilich war alles für die menschliche Körpergröße von 1,45 Meter konstruiert. Man ist aber einfach kein cooler Hund, wenn der Oberkörper nur zehn Zentimeter vor dem Lenkrad positioniert ist. Für Frauen mit viel Holz vor der Hütte wurde das Trabifahren überhaupt... Nein, es hatte nichts Erotisches, wenn die Nippel immer auf der Hupe lagen.

Augenscheinlich waren Trabis wirklich nur Testmodelle für das DDR-Straßensystem. Das sicher nicht ausgelegt war für Autos. Nur: Pferde hatte bei uns keiner mehr. Bis auf Hackemesser, ein Pferde-Fuhr-Unternehmer in Luckenwalde. Der war zwar Dauer-Retro, aber immer voran. Man kann's ja auch so sehen: Einige Gebiete mussten noch als Wanderweg bereist werden – und das, sagen wir mal, war romantisch. Zumindest eine bessere Variante als eine Asphaltstraße nach dem Vorbild eines Schweizer Käses. Gab ja bei uns den Spruch: *Spare in der Schweiz, so hast du in der Not.* Wer hier aber was sparte, blieb mir unerklärlich. Und überhaupt: Was hatte die Schweiz mit unseren Straßen zu tun? Emmentaler. Andersrum: Ich sagte immer „unsere sowjetischen Brüder", während mein Bruder meinte, die Russen machten uns mit ihren Militärumzügen die Straßen kaputt. Wahrscheinlich beides: schlechte Straßen und dann noch die Panzer mit ihren Metallketten. Da blieb dann nicht so viel übrig vom Asphalt. 80 Prozent der ostdeutschen Straßen waren asphaltiert. Sagten die großen Genossen. In manchen Gegenden begrüßte man sich angeblich mit: „Achsenbruch!" – „Achsenbruch?" – „Nicht so schlimm. Glatte Bruchstelle! Kann man reparieren."

In Luckenwalde ging es uns erheblich besser. Wir hatten immerhin eine Ampelkreuzung und eine asphaltierte Straße. Man kann zwar nicht sagen, dass sie sich wie ein graues Band durch die Landschaft schlängelte. Es handelte sich eher um eine Offroad-Trainingsstrecke. Aber was soll's. Man konnte eine Straße auch mächtig feiern. So wie damals, als wir in unseren gestärkten Pionierhemdchen, mit blauem Halstuch und dunkelblauen Röckchen dastanden. Am Straßenrand. Um der neuen

Straße Hallo zu sagen. Wir sollten warten, wie auf eine kaiserliche Prozession oder auf Godot. Jedenfalls ordentlich stehen und mit unseren Wink-Elementen dem ersten Auto zuwinken. Im Fernsehen war das erste Auto immer die Polizei. Winkten wir eben geschlossen der Polizei zu. Um nur dann einen Blick zu erhaschen von dem Mann, der aus jeder Zimmerecke grinste. Honi, Erich, der große Parteivorsitzende. *Er* sollte vorbeifahren. Vielleicht warf er ja mit kleinen Goldstückchen oder DDR-Mark wie im Märchen? Meine Aufregung legte sich langsam. Um 10 Uhr 30 war Honecker angesagt, ab 10 Uhr 15 sollten alle Pioniere am Bürgersteig unserer neuen Asphaltstraße bereit stehen. Luckenwalde hatte für diese fünfzehn Minuten eine neue Straße bekommen. Potemkinsches Dorf inklusive Asphaltstraße. Aber warum so eine Show? Vielleicht gab es ja doch Goldstücke, die sonst von den Schlaglöchern gefressen worden wären? Nach fünf Minuten Warten wurde es langweilig. Die ganze Zeit still stehen. Nicht mal Grashalme gab es auf der neuen Straße zu zählen. Aber Luckenwalde hatte nun seine Asphaltstraße. Und die Russen durften mit ihren Panzern auch nicht mehr über die neue Straße fahren. Was für ein Schnittpunkt in der ostdeutschen Wahrheit! Ach ja, und Honi habe ich auch gesehen. Beziehungsweise seine winkende Hand. Wie die Queen.

Unser 311er Wartburg war DDR-tauglich, weil gut gefedert. Eine funktionierende Heizung war aber nur alibihalber eingebaut. Trotz sichtbarer Regler und Lüftung. Lange hielt ich westdeutsche Besucher unseres kleinen Städtchens daher für die vollen Wichtigtuer. Nur weil ihre Autos heizen konnten, mussten sie sich ihre Jacken doch nicht so präpotent vor dem Einsteigen ausziehen! Ich sah sie regelmäßig, die West-Berlin-Ausflügler, die am Sonntag aufs Land fuhren. Um in der Zone ein Abenteuer zu erleben. Ich konnte damals nicht ahnen, dass es in diesen westdeutschen Raumkapseln wirklich warm werden würde.

Da ich samstags nicht in die Schule ging, konnten wir unsere wochenendlichen Familienausflüge gemeinsam machen. Gottesdienste für uns Christen gab es ja auch auf der anderen Seite der Republik. Jedes Jahr standen zwei Besuche bei meinen Großeltern in Schlesien (diesseits der Oder-Neisse-Friedensgrenze) auf dem Programm. Mein Vater stellte uns Kindern bei den Winterausflügen einen Petroleum-Ofen vor die hintere Sitzbank. So wurde es im Wageninneren wenigstens überschlagen warm. Wir durften nur die Decken, mit denen wir zugedeckt waren, nicht in die Flammen halten. Irr. Ich mag mir heute gar nicht mehr vorstellen, wie gefährlich das war.

Das größere Problem beim Fahren entstand allerdings durch das Einfrieren der Fensterscheiben. Von innen. Wir sollten dann immer aufhören zu atmen. Ein Witzbold, mein Vater. Aber auch dafür hatte er natürlich vorgesorgt. Ein kleines Döschen mit Schwamm und Frostschutzmittel half, die Scheiben von innen für eine Stunde frei zu halten. Dann musste wieder gekratzt werden. Ich hielt das alles für normal und fuhr sehr gern zu meinen Großeltern. Dort traf ich auch immer meine sieben Cousins und Cousinen, die Kinder des Zwillingsbruders meines Vaters. Wir hatten sehr viel Spaß. Wir waren einfach miteinander, in der Minderheit der Christen der DDR. Das rote Backsteinhaus meiner Großeltern gehörte zu einer Ziegelei, mit mehreren Seen auf dem Grundstück. Es hieß Fichtenhöhe. Heißt immer noch so. Und dort ist es einfach nur schön. Gut, im Winter sind wir nicht baden gegangen, aber Eis laufen. Und wir hatten einen Rodelberg vor der Haustür.

Jedes Jahr zu Ostern gab es ein Fest für die ganze Familie, und wir sind eine sehr große Familie. Der nette Herr, der meine Tante geheiratet hatte und mit ihr nach Hannover gezogen war, wusste lange nicht so genau, wen er da alles mitgeheiratet hatte. Die beiden waren jedenfalls unser jährlicher Westbesuch mitten in der ostdeutschen Pampa. West-Onkel Peters erster Besuch ließ den Vorhang fallen: 75 Familienmitglieder waren angereist, um gemeinsam Ostern zu feiern und den West-Onkel zu inspizieren. Er gewöhnte sich langsam an die Anzahl der Ossis. Aus dem Staunen kam er dennoch nie heraus. Schon gar nicht über das kleine, gasbetriebene Auto meiner Eltern. Da waren Gasflaschen und Kinder an Bord. Gleichzeitig. Onkel Peter war erschüttert. Nachhaltig. Mein Vater meinte nur, Peter könne sich wieder beruhigen, wir seien ja angekommen.

Ostern war für mich wie Weihnachten, nur bunter. Vor allem wegen der Wegwerf-Verpackungen, die Onkel Peter mitbrachte. Obwohl ich damals nicht verstand, warum man Dinge so aufwändig einpackte, wenn nachher alles weggeworfen wurde. Gab es Verpackungssammler? Ich bin mit relativ wenig Schokolade groß geworden. Was für meine Zähne ein Segen war. Aber zu Ostern gab es jedes Jahr feine Schokoladen-Ostereier aus dem Westen. Einmal kam mein Onkel dann auch auf die Idee, für seine Nichte Hotel-Utensilien zu sammeln. Ostern 1987 kam er mit einem ganzen Karton voller Seifen, Nagelfeilen, Duschhauben und Abschmink-Pads. Damals wusste ich noch nicht mal, dass sich Frauen eine braune Paste ins Gesicht schmieren, die sie am Abend wieder runterwischen müssen. Wer machte denn so was? Und wenn ich das Zeug alles allein aufbrauchen sollte, reichte das bis ins 23. Jahrhundert. Onkel Peter – Geschäftsführer einer Plastik-Bude – verbrachte eine Menge Zeit in Hotels im Westen. Er sammelte tatsächlich eine ganze Aussteuer für locker zwanzig ostdeutsche Jugendliche. Ein ganzer Kosmetikladen lag da vor mir. Was hatte er da wohl dem Landesgrenzschutz erzählt beim Ossi-Transfer? Er brauche immer eine Auswahl dieser Produkte dabei, sonst fühle er sich nicht sauber? Oder was? Jedenfalls verriet meine Körpersprache zu viel Enttäuschung. Zu viel Überforderung. Zu viel Nicht-Wissen, was das Zeugs ist. Im nächsten Jahr gab es wieder Schokoladen-Ostereier.

Die Einreise-Geschichten unserer Besucher wurden von Jahr zu Jahr absurder. Manchmal schien es, dass unsere Gäste aus dem nicht-sozialistischen Ausland froh waren, mit ihrem nackten Leben davongekommen zu sein. Und das, obwohl schon bei den Vorbereitungen jede Menge behördliche Anträge, Stempel und Bewilligungen eingeholt werden mussten. Diese Unannehmlichkeiten unserer überaus gastlichen Republik wurden schon oft beschrieben, und alle diese Geschichten sind wahr. Sie sind eigentlich untertrieben. Oder nur komisch. Heute kann jeder seine DDR-Grenzer-Story erzählen. Und ist cool dabei. Das Einreisen in unseren Osten – hey Leute, wir waren da daheim – war immer der aufregendste Teil der Reise. Wie lange würde es diesmal dauern, bis der Zoll kapierte, dass man, völlig nackt, wirklich nur noch die Goldzähne im Mund hatte? Durch die Abnützung des Nervenkostüms musste man sich rechtzeitig um die „Ich-werde-dann-was-erzählen-Seite" bemühen, sonst verfiel man in Trübsinn. Wachen und freien Willens wollte man für eine eineinhalb Tage dauernde Reise doch keine drei Stunden Ein- und Ausreiseformalitäten einplanen. Und dann frag dich mal nach dem Sinn des Lebens. Wir, auf unserer Seite der Welt, hatten solche Erfahrungen nie gemacht. Wir waren immer auf Berichte angewiesen. Und das ging dann so: Da waren mein Onkel Peter mit meiner Tante Irene. Dort waren, sozusagen, meine Grenzsoldaten. Dazwischen blieben wir, staunend, ungläubig, auf jeden Fall: zurück. Sorry, da wirst du schizophren. Ein Geburtsfehler.

Dabei war das Reisen bei uns nicht so außer Sitte, wie in neuerer Zeit immer getan wird. Wir sind halt in den Thüringer Wald gefahren. Auf etwa 500 Meter Seehöhe sind auch einige Bäume grün. Und dann schenkte mir mein Opa im Frühjahr 1988 ein Tandem, das ich mit Feuereifer zum schönsten Rad Ostdeutschlands machen wollte. Und fahrtüchtig natürlich, in zweiter Linie. Ich war vierzehn. Und endlich nicht mehr auf die Urlaubsideen meiner Eltern angewiesen. Das Fahrrad, mit dem ich in Luckenwalde unterwegs war, hatte ich rosa gestrichen, mit blauen Punkten. Ich musste es nirgends anschließen. Mit diesem Fahrrad konnte in Luckenwalde niemand flüchten. So geht's einem in einer 30.000-Einwohner-Stadt, wenn der Vater Lehrer ist und die Tochter ein verrückter Vogel. Also Finger weg vom rosa Fahrrad.

Und vom Tandem erst recht. Mit diesem tollen Teil war ich bereit, die Welt zu erobern. Farblich entschied ich mich für Metallic-Rot und Lila. Auf alle Fälle aber sollte es funkeln, wenn ich damit in Nowosibirsk eintreffen würde. Nur, Ölfarben in Metallic-Rot und Lila zu bekommen war etwa so aussichtsreich wie einen Obstladen voller Bananen zu finden. Mein Bruder erklärte mir schließlich den Farbkreis. Rot gab es ohnehin zu kaufen. Ein wenig Grün dazu ergab Lila. Mit einem Schuss Silber war die Fahrradfarbe gemischt. Am Ende des Tages aber waren nicht nur meine Ellenbogen in diesen Farben getunkt, sondern auch unsere Hühner. Eigentlich hatte ich mit der übrigen Farbe nur die Fußnägel der Hühner besprühen wollen, aber sie hielten nicht still. Ich wollte zuerst ja nur mit dem Hahn beginnen. Weil ich hoffte, er würde dann ein wenig schwuler aussehen. Ich traute mich aber nicht wirklich ran. Der hatte seit letztem Fasching einen Pick auf mich. Das Rot meines Rotkäppchen-Kostüms hatte eine tiefe Feindschaft zwischen uns begründet. Noch im Winter ging er auf mich los wie ein Stier in der Arena. Was war mit dem? Jedenfalls hat's weh getan. Unsere Tier-Mensch-Beziehung war ziemlich strapaziert. Aber er war nur ein Hahn. Unter elf

Hühnern. Also mussten die beim Tandemfärben dran glauben. Waren halt dann Metallic-Rot. Vater konnte wieder mal nur begrenzt darüber lachen. So wie damals, als sich eins unserer Schafe sichtbar langweilte und unterhalten werden wollte. Es meckerte bis zum Anschlag herum. Sollten wir ihm jetzt was vortanzen oder vorsingen? Keine zehn Minuten lang war das Getöse ertragbar. Und so kam mein Bruder Axel auf die Idee, dem Schaf mit einem Einweckgummi* die Schnauze zuzubinden. Großartig. Ich war dabei. Sofort herrschte wieder Ruhe im Garten. Bis Vati nach Hause kam. Während des folgenden Abendessens fühlten wir uns wirklich schlecht. Hat Wochen, wenn nicht Monate gedauert, bis wir alle darüber lachen konnten.

Fast Forward: Beim Tandem-Hypen waren wir gerade. Und bei der Mangelwirtschaft. Fahrradschläuche für unser Tandem hatten wir uns von denen besorgt, die die Vorratswirtschaft ernst genommen und sie gegen Essen eingetauscht hatten, zur Genüge. Bruder Axel meinte aber, wir bräuchten noch Stahlfelgen. Weil das, was Frauen beim Reisen mithätten, nicht von normalen DDR-Alufelgen getragen würde. Blödmann. Jedenfalls erfuhr ich von einem Fahrradteile-Händler im Nachbarort und trampte kurzerhand nach Jüterbog. Von dort kam ich mit zwei Felgen und achtzig Speichen zurück. Stahlfelgen mussten natürlich selbst gespannt werden, die waren in der Planwirtschaft nicht vorgesehen. Nah dem Kurs „Wie zerlegt man ein Fahrrad und behält nach dem Zusammenbauen keine Teile übrig?“ hatte ich ein Fahrrad für zwei Personen, an dem ich jede Schraube

* *Gummimuffe zwischen den zwei Glasteilen einer homemade Marmelade.*

kannte. Mein erstes Verkehrsmittel für Überlandreisen blinkte mir in der Mittagssonne entgegen. Ich spürte Reiselust und Vorfreude.

Heike, endlich erzähl ich mal von ihr, Heike, meine allerbeste Freundin, Heike – okay: In ein paar Seiten führe ich aus, wie wir uns gefunden haben –, jedenfalls entschieden Heike und ich, die Strecke zur Fichtenhöhe mit dem Tandem abzufahren. Den Weg kannte ich so gut, dass wir keine Karten brauchen würden. Wir veranschlagten eine Woche für die 150 Kilometer. Das würden wir schaffen. Frische Luft waren wir aus dem Garten gewöhnt, und Schlafplätze würden wir wohl finden. Halt einfach zwanzig Meter waldeinwärts das Zelt aufschlagen. Wir waren jung, wir waren frei. Und Verbrechen gab's bei uns nicht. Wir hatten keine *Bild*, wir hatten keine *Kronenzeitung*. Wir hatten nur das *Neue Deutschland*. Und da war alles Friede-Freude-Sozialismus. Trotz meiner großen Klappe war mir dann doch manchmal mulmig. Dabei sollten uns die wirklichen Abenteuer mit diesem Fahrrad im Sommer 1989 überraschen. Aber davon ahnten Heike und ich auf dieser Reise noch nichts.

Schöner wohnen in der DDR

Mein Zuhause lässt sich schwer beschreiben. Wir waren Arbeiter und Bauern. Das war eine hundertprozentige Übererfüllung im Arbeiter- und Bauernstaat. Was den anderen Ossis auch wieder unheimlich war. Wir wohnten am Stadtrand, mit riesigem Garten, Strohfeldern und Heuwiesen. Ganzjährige Sommerfrische mit Arbeitseinsatz. Vom freien Landleben konnte trotzdem keine Rede sein. Alles war etwas weniger idyllisch als in „Vom Winde verweht". Im Zuge der Gleichberechtigung waren wir unsere eigenen Sklaven. Also ran an den Spaten und umgraben. Oder Heuwenden mit Körperkraft. Ich hatte damals kein Figurproblem. Meine Mutter wollte uns alle gesund und satt kriegen. Das hieß dann aber auch, gemeinsam anzupacken. Ich will hier keine Laudatio auf das gesunde Landleben oder die Bedeutung des Unkrautjätens für die Charakterentwicklung anstimmen. Aber ein Schaf hupft halt nicht von allein in die Wurstpelle. Eigentlich dauert das ganz schön lange. Zeit, die einem beim Spielen fehlt. Ich wollte dann schon manchmal wie die anderen Kinder rumlaufen oder einfach rumhängen. Wahnsinnig unterhaltsam war das Arbeiten nicht, geredet wurde dabei nicht viel. Die Felder waren so groß, dass man sich hätte zuschreien müssen. Wer wollte das schon. Als Kind war einem da nur langweilig. Später, im Westen, hörte ich dann vom Meditativen während der Feld- und Gartenarbeit. Diese Bewusstseinsstufe habe ich nie erreicht.

Städterin war ich jedenfalls auch keine. Wie auch, wenn dein Vater mit dir auf einem Trecker durch die halbe Innenstadt fährt und du immer wieder gefragt wirst, wie es denn den Schafen ginge. Das war als Fünfjährige noch lustig. Aber als Teenie? Wir waren noch nicht mal so richtig tolle Bauern, also von der Partei finanzierte Angestellte einer Kolchose, eines Landwirtschaftsmuseums. Nein, wir hatten keinen Parteien-Verkehr und unser Hof war keine Besichtigungsstätte. Wir lebten so. Seit Jahrhunderten haben Bauern gesät und geerntet. Manches bleibt eben, wie es ist, und das ist tröstlich. Damals aber fand ich's alles andere als cool. Es gab halt nur LPG*s und ein paar halbe Bauern am Rande der Stadt. Uns zum Beispiel. Sonst war ja alles enteignet worden. Bis auf die kleinen Gärtchen, die wir Herrn Schreber zu verdanken hatten. Aber ein echt großer Garten, und dann noch Schafe dazu? Und Felder? Und nicht einmal zu einer LPG gehören? Was für ein Checker war mein Vater nur? Zähneknirschend haben's die roten Socken hingenommen. Wir, die Familie Jurke, waren unter einem Toleranzpatent. Grad so, als ob es ein moralisches Vergehen gewesen wäre, sich um die eigene Ernährung zu kümmern. Ich weiß schon: Bodenreform, alles in einen Topf, und jeder arbeitet mit. Zusammenlegen des Bodens und Bildung einer Gruppe von Bauern, die diese großen Flächen dann bearbeiten. Mittendrin die

* *Landwirtschaftliche Produktions Genossenschaft. Bauern der DDR wurden nach der Bodenrefom „gezwungen", sich den LPGs anzuschließen und dort in einer Gemeinschaft einzubringen.*

vom Staat gezüchteten Schweine. Von der Idee her eh nicht blöd. Aber den Eintritt in die LPG politisch zu begründen? Mein Vater meinte nach solchen Gesprächen immer nur, er trete nicht in die Partei ein. Und schon gar nicht in eine LPG. Dort mussten ja selbst die Hühner Fußgelenks-Ringe tragen. Mit Hammer und Sichel. Die einfache Wahrheit war und ist doch: Die Lust am Anbauen und Ernten ist eine anthropologische Konstante, und da können die sich mit ihrer LPG brausen gehen. Wenn jemand willens ist, gesundes Gemüse und Schafsfleisch zu essen, dann bemüht er sich eben um einen Garten, der groß genug ist für Salat und Vieh. So, glaub ich, ist der Mensch. Die konnten ihre scherzroten Arbeiter-Hühnerringe selber tragen. Und aus. Wir waren nicht dabei. Echt ein Held – mein Vater.

Natürlich gibt es noch eine weitere menschliche Konstante, die in einem Buch über den Osten nicht fehlen darf: die Sexualität. Ich kann ja die so oft besungene freie Sexualität zu DDR-Zeiten nicht überspringen. Diese Sexualität ohne Moral und Kirche. Davon träumen ja heute noch manche. Uns aber ist freie Körperkultur von der Partei sozusagen verordnet worden. Wir Glücklichen. Mein Vater als Maurer-Lehrer zum Beispiel war so was wie eine Aufsichtsperson, die sich unter anderem darum kümmern musste, dass die jungen Madeln von den Buam nicht schwanger wurden, wenn sich alle im Bauwagen umzogen. Soll's gegeben haben. An einem besonders heißen Tag im Sommer 1986 oder 1987 saß mein Vater völlig geknickt beim Abendessen. Natürlich wollten wir wissen, was los war. Und so berichtete er in seiner trockenen Art von den Ereignissen des Tages. Um 8 Uhr morgens hatte es bereits 23 Grad gehabt. Da hatte er seiner Klasse in einem unüberlegten Moment versprochen, dass er ihnen erlauben würde, im angrenzenden Fluss baden zu gehen, sobald die Arbeit des Tages geschafft wäre. Gleich nachdem der Satz heraus war, war es jedoch um sein Nervenkostüm geschehen. Er hatte gerade einer Bande von elf Jugendlichen versprochen, in ein paar Stunden nackt zu baden. Eine Zeit lang hoffte er, dass alle aufgrund der Hitze länger arbeiten müssten oder dass die Jugendlichen vielleicht zu schüchtern sein würden, ohne Badesachen in den Fluss zu springen. Hatte der eine Ahnung. Meinem Vater waren jedenfalls die Socken in den Holzlatschen angeklebt. Was, wenn die Gschrappen daheim erzählten, dass Lehrer Jurke sie heute nackt hatte baden lassen? Und er habe auch noch zugeschaut. Da konnte er später sagen, was er wollte, es würde alles falsch sein. Meinem Vater ging es erkennbar schlecht an diesem Abend. Beruhigt hat ihn nur, dass wir diese Story witzig fanden. Und passiert ist anderntags auch nichts. Wahrscheinlich haben es die Schüler nur nett von meinem Vater gefunden, dass er das Baden erlaubt hatte. Ostdeutsche freie Körperkultur *und* lässiger Lehrer sein – auch nicht einfach.

Wir selbst hatten im Garten eine riesige Badewanne und brauchten zur Erfrischung nicht in die Badeanstalt gehen. Die aus den Stadtwohnungen dagegen waren jeden Nachmittag in der Schwimmbude. Eine Zeit lang wollte ich auch dorthin, um mich ein wenig hipper zu fühlen. Zwei Mal hab ich's geschafft, und war's dann auch: in der Sonne braten, rumdösen, und mit den Massen wassern – nee, das war echt nicht mein Ding.

Dafür wollte ich als Kind gern in einer dieser schwindligen Plattenbauwohnungen wohnen, die immer zu eng sind, mit lauten Nachbarn und ohne Garten. Trotzdem wollte ich nur einmal so sein wie alle anderen. In diesen Wohnungen, die alle gleich waren. Mit schwer erkämpfter Raufaser-Tapete, einem Prestige-Symbol. Und PVC-Fußböden mit Teppich drauf. Andreas' Familie bekam eine solche Wohnung. Ich war mächtig neidisch. Für mich war es der Himmel, so zu wohnen. Die Propaganda-Plakate hatten mir ja erklärt, dass es Staats-Ziel sei, *jeder ostdeutschen Keimzelle der Gesellschaft*, sprich Familie, eine dieser neuen Wohnungen in einem dieser neuen, zum Wohle der Bürger gebauten Gebäude der neuen Wohnsiedlungen neu zur Verfügung zu stellen. (Das DDR-Prop-Sprech war so hohl wie die Plattenbauten!) Gut, wir brauchten nicht wirklich eine solche Wohnung in einem dieser sozialistischen Gebäude, durch die der Wind pfiff, weil die Verankerungen dem Moorboden-Fundament nicht standhielten und man die Risse im Mauerwerk gleich mitbaute. Dazu jede Menge Feuchtigkeit. Aber die soll ja angeblich fruchtbar machen. Perfekt ist was anderes. Es musste halt immer alles so wahnsinnig schnell gehen. Lenin hatte gemeint: „Sozialismus ist Elektrizität für die ganze UdSSR". Und in der kleinen DDR sollte jede ostdeutsche Familie eben eine neue Plattenwohnung bekommen. Dann stand wieder mal ein Parteitag bevor, Wohnungen waren knapp, und irgendein Obergenosse musste sich in einem guten Licht präsentieren. Lieber schlecht und rechtzeitig als nichts auf der Haben-Seite der lokalen SED-Organisation. Selbst aus ambitionierter Außensicht waren diese Wohnungen letztlich nicht bewohnbar. Betonwürfelambiente. Chic fand ich sie damals trotzdem. Diese Betonplatten-Wohnsiedlungen mit den Plaste-MDW-Schrankwänden, dem DDR-Pendant zu Ivar von Ikea. Zum Selbst-Zusammenstellen. Das Design war seit den 1960ern nicht mehr verändert worden. So wohnten eine Menge DDR-Bürger wahnsinnig angesagt, ohne es zu merken. Die Schrankwand für 235 Mark, die Schlafzimmereinrichtung für 800 Mark. Alles bar zu zahlen. Küche mit Kühlschrank und Elektroherd. Das waren die Wohlstandsvorstellungen des DDR-Bürgers. Fußmatten mit Hirschmotiven waren auch in. Ein Zeichen der Naturverbundenheit. Des Städters Bezug zum wilden Leben am Waldrand in der Blockhütte beim See. Ich kannte Blockhütten nur aus dem Westfernsehen. Und von den Fußmatten. Wie auch immer. Bis zum Parteitag war dann eine Plattenbausiedlung für 500 Familien aus dem Boden gestampft. Luckenwalde kam zu einer Vorzeige-Plattenbausiedlung und viele Familien bekamen neue Wohnungen. Und die waren trotz Wind, Feuchtigkeit und Moorboden besser als ihre vorigen.

Unser Haus dagegen war 1898, in der Zeit des industriellen Aufschwungs, für vier Familien gebaut worden, und es gab darin viele spannende Winkel. Als meine Eltern nach Luckenwalde zogen, gab es immer noch vier Wohnungen. Sie kauften das Haus, obwohl sie nicht ahnen konnten, wie lange es dauern würde, bis sie allein in ihrem eigenen Haus wohnen durften. Eine Wohnung war jedenfalls gleich mal frei. Und wenn man sich liebt, ist ja angeblich ohnehin selbst die kleinste Hütte zu groß. Mit den Zwillingen durften meine Eltern dann auch die zweite kleine Wohnung nutzen. Aber nur, weil sie der Vormieterin eine andere adäquate Wohnung gesucht hatten. Kurz vor meiner Geburt nahm sich Mutter dann vor, um die dritte Wohnung in unserem Haus zu kämpfen. Sie setzte sich jeden Dienstag, hochschwanger, in die Sprechstunde des zuständigen Herrn beim Wohnungsamt und drohte ihm schließlich, das Kind auf seinem Schreibtisch zur Welt zu bringen, wenn sie die dritte Wohnung nicht bis zum Geburtstermin zugesprochen bekomme. Danach ging es ganz schnell. Vor so viel Lebendigkeit fürchten sich nicht nur Sozialisten. Wir bekamen noch zwei weitere Zimmer dazu. Meine Eltern hatten endlich ein eigenes Schlafzimmer, meine beiden Brüder zogen in ein Zimmer ins Erdgeschoss, meine Schwester Karin und ich teilten ein Zimmer, und im Wohnzimmer war jetzt sogar noch Platz für ein Klavier.

Nur mal so zur Orientierung: Meine Eltern zogen 1959 in dieses Haus. Erst 1987 ist die letzte, uns zugeteilte fremde Mieterin ausgezogen. Denn die Stadtverwaltung legte natürlich auch die Verteilung des verfügbaren Wohnraumes fest. An diese letzte Mieterin erinnere mich noch gut. Wir entschieden uns am Ende, sie durch Musik zu vertreiben. Immer wenn mein Bruder bei Tisch erzählte, dass sie letzte Nacht wieder so „laut geknutscht“ hatte, durften wir am Abend bis tief in die Nacht Musik machen. Irgendwann zog sie dann aus. Karin erhielt eine kleine Garconniere im Haus, und ich ein eigenes Zimmer.

Nüchtern im Krieg

Meine Geschwister kamen allmählich ins heiratsfähige Alter. Woran erkennt man das eigentlich? Mein Opa meinte, wenn man Brot backen konnte, sei es so weit. Gut, das ließ sich lernen. Aber dass meine beiden Brüder deshalb einen Bäckerkurs machen würden, kam mir doch unwahrscheinlich vor. Tatsächlich lernten sie ganz entspannt mal den einen Partner kennen, dann den nächsten. Und jedes Mal kamen sie nach Hause und flüsterten der kleinen Schwester ins Ohr, das wäre nun der Partner fürs Leben. Deshalb sollte ich mich dann auch benehmen, wenn eine der jungen Damen zu Besuch kam. Solche Abende waren wie Friedensprojekte auf gegenseitige Achtung und Menschenrechte gegründet. Ganz ohne Aggression. Das Bild eines harmonischen Miteinanders sollte entstehen. Was uns eh meistens gelungen ist. Manche Mädels fanden halt unsere Witze nicht komisch. Die konnten sich gleich mal brausen gehen. Der Geschwister-Test war eben kein Honiglecken.

Und dann verliebte sich meine Schwester Karin. Angeblich sollte er ein ganz netter Typ sein. Ich würde ihn mögen, hieß es. Abwarten. Ich wollte mir da lieber meine eigene Meinung bilden. Axel, der Neue meiner

Schwester, war dann wirklich ein Netter. Einen neuen Namen brauchten wir uns auch nicht merken. Schlagfertig genug war er auch und damit ebenbürtig. Wir wollten ihn also aufnehmen. Herzlich willkommen. Trümpfe hatte er bei den ersten Treffen noch keine aus dem Ärmel gelassen. Bis sich herausstellte, dass seine Schwester in meinem Alter war. Hätten sie gewusst, was dabei herauskommen würde, wenn man Heike und mich zusammenspannt, hätte sich Karin die Verbindung mit ihrem Zukünftigen vielleicht noch mal überlegt. Ich empfand's eher als Fügung. Mit Heike, Axels Schwester, begann ein neuer Abschnitt in meinem Leben.

Axel und Heike waren aus Knüppeldamm. Kaum zu glauben, dass es einen Ort in Mecklenburg gibt, der Knüppeldamm heißt. Wenn man so heißt, bringt man‘s nie bis zur Weltstadt. Aber immerhin auf ein Schild bei der Ortseinfahrt. Axels Familie gehörte zu den Menschen, die man „Leute von der Waterkant“ nennt. Natürlich haben die Umwelteinflüsse diesen Menschenschlag geformt. Ist ja nichts Schlechtes. Nur möchte ich in die Waagschale werfen: Das menschliche Zusammenleben wird durch Kommunikation ermöglicht. Kann schon sein, dass es auch in ganz normalen Familien Kommunikationsprobleme gibt. Aber einer Familie aus Mecklenburg kann das nicht passieren. Da gibt es keine Kommunikation. Ich hab bis heute nicht rausgekriegt, wie sie sich miteinander verständigen. Zu beobachten war maximal ein vages Nicken, das dann und wann durch einen nasalen Laut unterstützt wurde. Hallo? Der Wind war seit 1825 nicht mehr so stark. Wie wär's mit Reden?

Trotzdem verbrachte ich viele, viele Wochenenden der nächsten Jahre in Knüppeldamm. Heike war ein ähnlich bunter Vogel in ihrer Gegend und kannte alle im Umkreis von 50 Kilometern. Faszinierend. Ich hatte einfach ein zweites Zuhause gefunden. Und natürlich konnte ich mit ihr Sachen ausprobieren, die ich in Luckenwalde nicht mal angedacht hätte. Mit Heike war alles möglich. Zum Beispiel der Ausflug in die Dorfdisco, nach Altenhof, ums Eck von Knüppeldamm. Ich war mit meinen dreizehn noch nie in einer Disco gewesen. Und jetzt Spotlight. Samstag Abend. Heike nimmt mich mit.

Alles musste perfekt sein und der ganze Nachmittag war unserer Mutation in begehrenswerte junge Frauen geweiht worden. Nachdem wir also Stunden mit der Wahl der richtigen Klamotten verbracht hatten, ging es ans Make-up. Erst Tagescreme, dann Farbe. So viel wusste ich schon. (Danke, Onkel Peter.) Ein ausgesprochen wichtiges Ereignis steht bevor. Deshalb wollte ich gleich alles auf eine Karte setzen. Mit knallig blauen Lidschatten und grellrotem Lippenstift. Zum Glück gibt's nur Schwarz-weiß-Fotos aus dieser Zeit.

Und dann das: Überhaupt keine Ähnlichkeit mit den Discos aus dem Westfernsehen. Nur Club-Cola zum Festhalten. Die Flutlichtanlage spiegelt sich im aufgeplatzten Linoleum und funkelt wie Ostseesand in der Mittagshitze, nur grün. Ich würde mich nie trauen zu tanzen. Was machten die da? Stampften von einem Bein auf das andere. Alles fiel mir ein: Kugelstoßen, Elefantenherde, Presslufthammer. So was hatte ich noch nie gemacht. Also konnte ich das sicher nicht. Und doch wär ich gern mit dabei gewesen. Mitten drin. Hab ich gewusst, was eine Disco ist? Ich hatte nicht mal eine Tanzschule besucht, um mich wenigstens an Tanzregeln halten zu können. Aber wenigstens gab es in einer Dorfdisco niemanden, der die Tanzenden individuell in ihrer Lächerlichkeit korrigierte. Das beruhigte mich. Alle benahmen sich sonst ganz normal. Bis mir einer aus Heikes Klasse ein Bier hinhielt: „Löst die Verkrampfung." Wo war ich nur? Alkohol trank ich damals noch nicht. Also hoffte ich, dass Heike mich retten würde. Ich hatte Che Guevara gelesen: Man aß nichts vor dem Angriff, sondern ging mit nüchternem Magen in den Guerilla-Krieg. Ein eisernes Prinzip. Warum nur fiel mir das gerade jetzt ein?

Dann kam der April 1986. Bald hatten wir uns daran gewöhnt, dass wir nicht mehr in die Sonne gehen sollten. Mir war das nur recht. War eh so eine Stubenhockerin und konnte seit dem 26. April immer sagen, dass ich wegen Tschernobyl nicht an die frische Luft gehen wollte. Wir hatten es aus dem Westfernsehen erfahren. Die Wessis durften nicht mehr in den Wald gehen, und Pilze sollten sie schon gar nicht mehr sammeln. Komisch. Unsere Pilze hatten gar nichts abbekommen. Langsam bekam die Mauer magische Zuschreibungen. Mutter meinte nur: „In der prallen Sonne liegen ist auch schon vorher ungesund gewesen." Und was, wenn alles nur Westpropaganda war? Unsere Nachrichten brachten ja nichts davon. Sonst ging's immer ganz schnell mit den Informationen, Fahnenappellen und Diskussionsbeiträgen zu tagesaktuellen Errungenschaften. Und jetzt?

Keine Spur von Tschernobyl. Als ob die Wessis einer Fata Morgana aufgesessen wären.

Trotz Tschernobyl entschied ich mich, in diesem Sommer draußen zu arbeiten. Mein Vater erlaubte es mir schon mit dreizehn, obwohl wir offiziell erst mit vierzehn hätten arbeiten dürfen. Aber ich war groß, und wenn ich die Klappe über mein Alter hielt, durfte ich mein erstes eigenes Geld verdienen. Ich war aufgeregt und freute mich auf diese Woche. Tagelang lernte ich den Wochenlohn auswendig: 153,13 Mark. Irr, was ich damit alles machen konnte. Mein größter Traum war, mir einen neuen Trainingsanzug zu kaufen. Für solche Spirenzchen hätten meine Eltern kein Geld ausgegeben. Ich aber wollte mit meinem ersten Geld nichts anderes als einen Trainingsanzug kaufen.

In der Kaufhalle gab es den Bedarfskomplex „Sportmoden", den ich von nun an regelmäßig besuchte, um mir den schönsten Trainingsanzug auszusuchen. Die Wahl fiel mir schwer. Kaufen oder nicht. Es gab nämlich nur einen einzigen Trainingsanzug. Für 140 Mark. Also fast eine Woche Arbeit für das Ding. Und der hieß auch noch *Jogginganzug*. Für 140 Mark konnte man sich sogar ein Teil mit Wessie-Namen kaufen. Sauteuer. Aber schließlich hatte ich die Woche am Bau nur durchgestanden, um mir einen neuen Trainingsanzug zu kaufen. Sollte er doch heißen, wie er wollte. Als Teenager im Badeanzug durch die Turnhalle zu hüpfen war nicht nur peinlich, sondern im Winter auch eiskalt. Diese Plaste-Fummel von Dynamo Dresden konnte doch keiner wirklich tragen wollen. Nach den Ferien stand ich dann in der ersten Sportstunde da, mit meinem 140-Mark-Jogginganzug. In Weiß. Mitten in der dunkelblauen Dynamo-Brigade. Dezent ist was anderes.

Im Jahr darauf wollte Heike auch mitarbeiten. Es würde mehr Spaß machen und Knete brauchten wir beide. In diesem Jahr waren wir außerdem die einzigen Ferien-Schüler. Wir arbeiteten, fluchten und maulten. Und hatten letztendlich eine gute Zeit zusammen. Vati versuchte, uns das Verputzen beizubringen. Ich weiß, dass hinter dem Wort *versuchen* eine eigene psychologische Hemmung stecken kann. Aber in diesem Fall konnte mein Vater wirklich nichts dafür. Er hat sich echt Mühe gegeben. Trotzdem hätten wir den ersten Preis in einer Kleckerburgen-Meisterschaft bekommen. Wir waren die ersten Künstler, die sich selbst mit ins Kunstwerk integrierten. Nur weil man die Tochter eines Maurers ist, muss die Pampe nicht automatisch kleben bleiben. Aber Wut zu unterdrücken ist eine große Errungenschaft der Zivilisation. Ab dem dritten Tag ging es dann langsam. Heike und ich waren um eine Erfahrung reicher. Ja, Zweifel brauchte es, Schwierigkeiten und Gefahren im Leben. Da lernte man sich gleich auch besser kennen. Beim Verputzen. Und wir hatten weitere 153,13 Mark Einheitslohn verdient. Dabei kann ich mich nicht mal mehr erinnern, was ich mit dem Geld gemacht hab'. Die Heiligkeit des Konsums ist verflogen. Einmal mit dem Jogginganzug gestolpert. Und schon war ein Loch im Knie. Danach wollte ich das Ding nicht mehr anziehen. Das ist Trauer.

Ich habe einfach „Nein“ gesagt

Im neuen Schuljahr wurde Herr Vogt unser Klassenlehrer. Das passte, den kannten wir schon aus dem Chemie-Unterricht. Ein spannender Lehrer und eine gerade Type. Einer der wenigen denkfähigen Lehrer. Ein Außenseiter. Dass der jetzt für unsere Klasse zuständig war, hat mir getaugt. Das Schicksal hatte es also gut gemeint. Und trotzdem hat dieser Schulanfang was von *„Und täglich grüßt das Murmeltier“* gehabt. Schon auch Freude, sich nach sechs Wochen Ferien wieder zu sehen. Aber das Gefühl von Trott beim ersten Schritt über die Schwelle. Es hatte sich nichts auch nur die Bohne verändert.

Stimmt nicht ganz: Wir hatten eine Stunde mehr. Im Frühjahr, kurz vor Ende des Schuljahres, sollten wir nämlich in die FDJ aufgenommen werden. Und darauf mussten wir vorbereitet sein, indem wir die Begriffe des imperialistischen Widerstandskampfes kennen und sie auch anwenden können sollten. Man lernte wirklich eine Menge unnützes Zeug in der Schule. Reflektierte und vernünftige Menschen sollten doch ihr Schicksal selbst in die Hand nehmen. Aber uns wurden „letzte Wahrheiten“ verkauft, die nichts mit dem Alltag zu tun hatten. Ich wollte gern denken: „Wenn ein Floh hustet, bebt die Erde nicht. Es sind nur die Vorbereitungsstunden auf die FDJ-Aufnahme." Aber ich konnte es nicht denken. Die Erde bebte.

Damals war ich knapp vierzehn und in der 7. Klasse. Direkt vor mir stand der Wegweiser: „Erwachsen sein". Die Zeit bisher hatte ich als ein ganz normales Schülerleben erlebt, mit mehr oder weniger Repressalien, die es aber unter anderen Umständen auch gegeben hätte. Sagen wir mal so: In der 7. Schulstufe wurden wir auf das Erwachsenenleben vorbereitet. Im Frühjahr Jugendaufnahme, dann Eintritt in die FDJ und damit wären wir erwachsen. Wir würden dann mit „Sie" angesprochen werden. Diese Jugendweihe war eine wichtige Markierung im Osten. Nicht nur, weil sie ein archaisches Ritual zum Erwachsenenleben aufgreift, sondern weil man damit auch gleich auf den Staat eingeschworen wurde. Zwei Fliegen mit einer Klappe. Hieß ja auch Jugendweihe. Man wurde geweiht für diesen Staat. Das war dann doch etwas zu viel für mich. Ich wusste damals nichts von den Gräueltaten des Sozialismus, nichts von Konzentrationslagern im sibirischen Hinterland. Aber auf einen Staat schwören? Wochenlang wurde ich jeden Montag nach dem Fahnenappell zum Pionierleiter zitiert, mit der Frage: „Und was ist jetzt mit deiner Jugendweihe?" Wie oft ich erklärt habe, dass ich nicht schwören würde. Und schon gar nicht auf einen Staat. Auch in der BRD hätte ich das nicht gemacht. An der Jugendweihe konnte ich dann eben nicht teilnehmen.

Die nächste Hürde war die FDJ. Ich sollte in die FDJ eintreten, weil mir sonst jeglicher weiterer Bildungsweg versperrt blieb. Nur als FDJ-Mitglied und nur mit Empfehlung des FDJ-Leiters war es möglich, auf die EOS* zu gehen. Damit hatten sie mich. In die Jugendorganisation der Partei eintreten und studieren. Oder nicht und fertig mit der Schulbildung. Rudi Dutschke, der berühmteste Sohn von Luckenwalde, trat in die FDJ ein und konnte auf die EOS gehen. Sollte ich's ihm gleichtun? Ich habe viel geweint in dieser Zeit. Und die Welt habe ich auch nicht mehr verstanden. Was hatte denn das eine mit dem anderen zu tun? Wieso konnte überhaupt jemand auf die Idee kommen, Bildung zu verbieten?

Und dann kam es zur Schicksals-Entscheidung. Am nächsten Morgen war die letzte Möglichkeit, mich in die eine oder andere Richtung zu deklarieren. So saßen wir nun am Abend zuvor im Wohnzimmer und beteten. Morgen würde alles besiegelt sein. Ich wusste von meinen Eltern, dass dieser Staat und seine Institutionen ein falsches Bild vermittelten und dass wir in diese Organisationen nicht involviert sein wollten. Ich wusste aber auch, dass meine Eltern meine Entscheidung respektieren und hinter mir stehen würden, egal, wie sie ausfiele. In mir hämmerte es: Ich würde in Dummheit sterben. Natürlich ahnte ich, dass es immer Wege geben würde, trotzdem weiterzulernen. Aber daran konnte ich in diesen Tagen nicht wirklich denken. Eigentlich war es zu schwer für mich, mit vierzehn Jahren, eine solche Entscheidung zu treffen. Was wollten die überhaupt von mir?

Am nächsten Morgen verliefen meine Bewegungen wie ferngesteuert. Anziehen, Frühstücken, Fahrrad nehmen,

* *EOS: Erweiterte Oberschule, ostdeutsche Version des Gymnasiums*

zur Schule fahren. Kalt war's. Ein Herbst, der schon Wintermuskeln zeigte. Wie ich es bis zum Chemie-Vorbereitungsraum geschafft habe, ist aus meiner Erinnerung verschwunden. Dort war ich mit Herrn Vogt verabredet. Ihn schätzte ich. Eben deshalb sollte wohl gerade er mir noch mal die Konsequenzen meiner Weigerung aufzeigen. Die emotionale Tour. Mein Herz stolperte, ohne dass ich mich bewegte. Die Bedingungen hatten sich in den letzten Wochen nicht verändert: FDJ und studieren; oder keine FDJ und fertig mit der Schulbildung.

Herr Vogt und ich saßen uns im Chemie-Labor gegenüber. Wie üblich: Zweiergespräch. Wir redeten über Belangloses. Ich musste erst wieder Luft kriegen. Dann seine Frage: „Ines, was sag' ich heute Nachmittag der Genossin Direktorin?" „Nein", hörte ich mich sagen. Irgendwie abwesend, unbeteiligt. Nein, ich konnte nicht in die FDJ eintreten. Zwangsbeglückt erst recht nicht. Mir kamen die Tränen, obwohl ich mir geschworen hatte, nicht zu heulen. Aber jetzt war's raus, und ich fühlte mich erleichtert. Ich hatte zwar keine Ahnung, was alles auf mich zukommen würde. Aber diese zermürbenden Zweiergespräche im Stasi-Stil waren von jetzt an Geschichte. Ich hatte einfach „Nein" gesagt.

Dann kam wieder einmal der Republiks-Geburtstag. Ein DDR-Feiertag, an dem wir bis auf zwei Stunden frei hatten. Dieser 7. Oktober war immer der politische Anfang des Schuljahres. Na ja, den September hatten wir bis dahin schon überlebt, und die neuen Klassenorgane waren gewählt. Aber der Tag selbst war eine abgespeckte

Version vom 1. Mai. Nur ließen wir die Bowling-Kegeln (diese tanzenden Holzkeulen) weg, um uns bedrückt zu zeigen. Wir trafen uns am Mahnmal und sollten in Erinnerung an den Krieg traurig wirken. Was für ein Geburtstagsfest. Gedenkfeier am Mahnmal des gefallenen sowjetischen Soldaten. Eigentlich wäre ich am liebsten gar nicht gekommen, aber ich hab mich nicht getraut, daheim zu bleiben. Transparente wurden verteilt, die wir bei der Kranzniederlegung besonders hoch halten sollten. Und vor allem mussten wir stillstehen in unseren blauen Hemden. Nur ich war wieder nicht im FDJ-Blau erschienen. Wie denn auch. Zumindest im Winter sind wir alle bunt. Anoraks zu standardisieren, hatte sich bisher noch nicht durchgesetzt. Stand aber sicher als nächster Schritt auf dem Partei-Plan. Beim Mahnmal wurden wir begrüßt, unsere Antwort waren Handzeichen und „Freundschaft!". Anschließend kamen die Reden. 500 Schüler mussten zuhören. Diese Eiertanz-Rhetorik war wirklich nur verlorene Zeit. Wir hatten den Krieg nicht mitgemacht, und der Westen war nicht unser Feind.

Nur heute, heute war der Westen doch mein Feind. Bis gestern hatte ich nicht gewusst, dass Familie Schmid einen Ausreiseantrag gestellt hatte. Gut, die DDR zählte vermutlich zu einem der miesesten Plätze auf Erden. Aber gleich weggehen? Das Land und seine Freunde verlassen? Für Bananen? Seit der Einschulung war ich bisher immer mit Oliver an diesem Denkmal herumgestanden. Jahr für Jahr. Immer das Gleiche, und zwar auf Russisch. Nur heute nicht. Und nie wieder. Familie Schmid hatte vor drei Tagen den Bescheid bekommen, die Republik verlassen zu dürfen. Morgen würden sie also mit etwas mehr als Handgepäck im Zug sitzen. Heute, am Tag der Republik, packten die gerade ihre Taschen zusammen. Die Kranzniederlegung begann, die NVA-Kapelle setzte zum Trauermarsch an. Und mir war wirklich zum Heulen. Das war's dann. Fertig mit Freundschaft. Kontakt beendet. Und wir standen da und feierten den Tag der Republik. Noch heute bin ich bedrückt und wütend, wenn ich daran denke. Die Sozialisten hatten mir jemanden weggenommen. Jegliche Kontaktaufnahme mit einem Republiks-Flüchtling war zwecklos. Bestenfalls Arbeitsbeschaffung für die Leute aus dem MfS*, die dann jeden meiner Briefe hätten lesen müssen, um zu erfahren, dass ich eh nur Hallo sagen wollte. Eklig. Die Mauer stand so fest wie der Berliner Fernsehturm. Oliver hatte gemeint, seine Eltern wollten nicht in einem Land bleiben, wo geschossen wurde. Aber wo wurde bei uns denn geschossen? Bei den russischen Truppenübungen? Das konnte nicht ihr Ernst sein. An der Mauer, meinte Oliver. Was sollte das heißen? Konnte ich das glauben? Feindseligkeit stieg in mir auf. Ob Olivers Eltern solche Geschichten erfanden, um ihr Abhauen zu begründen? Oder stimmte, was sie sagten? Aber dann ließ mich der Schuft in einem Land, in dem auf Menschen geschossen wurde, einfach sitzen! Sicher, die Mauer machte eine Ausreise besonders schwierig. Manche hatten ja vielleicht nur die fixe Idee, in den Westen zu kommen, und dann halfen ihnen die Schwierigkeiten, ihre Entscheidung zu überdenken. Pädagogisch sinnvoll, um in der grauen DDR ein schönes Leben hinzubekommen. Aber

* *MfS: Ministerium für Staatssicherheit, kurz Stasi*

würden die an der Mauer wirklich schießen? Was sollte denn das für ein pädagogisches Mittel sein! Da lernte ja keiner was. Meine Synapsen verhedderten sich. Und zurück blieb ein Gefühlsgemisch aus Leid, Wut und Ohnmacht. Vom Leid war am meisten da. Mein Kindergartenfreund und erster Geliebter verließ das Land, und ich blieb zurück. Mir brach das Herz. Was sagte man in einem solchen Fall?

Die Mauer war doch kein Bollwerk gegen den Imperialismus, sondern ein Pfahl im Fleische des Abendlandes. Es war das erste Mal, dass ich von den Schüssen an der Mauer gehört hatte. Aber ein Staat, der auf seine eigenen Bürger schoss, konnte nicht gut sein. Ich wollte es nicht glauben. Wieder einmal verschob ich das Nachdenken auf später. Erst musste ich mich dran gewöhnen, dass Oliver nicht mehr neben mir in der Schulbank saß. Das allein würde Wochen dauern. Wenigstens ging das Theater zum Republiks-Geburtstag vor mir dem Ende zu. Gott sei Dank, sonst hätte ich irgendwann in die Blumenrabatte gekotzt.

In unserer Republik wurde auch der Sport wahnsinnig groß geschrieben. Einmal im Jahr gab es deshalb für alle in unserer Schule ein Sportfest. Bewegungstherapie für verstörte junge Leute, die mit dem Leben nicht zurechtkommen. Dieses Sportfest hätte von Amnesty International schon in den 1970ern verboten gehört. Fahnenappelle im FDJ-Hemd, dann umziehen. Da ich ja kein FDJ-Hemd hatte, kam ich gleich in meinem weißen Jogger. Mit gestopfter Hose. Die Weisheiten, dass der Sport der Völkerfreundschaft diene und dass wir als sozialistische Jugend unsere Körper stählen sollten, sind uns oft eingebläut worden. Der Mut des Rotgardisten entsprang ja angeblich einem wachen Geist und einem trainierten Körper. Jedenfalls mussten wir uns das vor jeder halboffiziellen Sonderveranstaltung anhören. Wenn's wenigstens Bauernweisheiten gewesen wären. Die hätte man vielleicht mal brauchen können. Aber diese sozialistischen Predigten hatten immer nur was von Besserungsanstalt.

Da standen wir nun. Wir kamen alle aus durchschnittlichen Elternhäusern. Und sollten im Zehnkampf antreten. Wer dachte sich nur so was aus? Die Eltern waren sogar aufgefordert, als Zuschauer auf den Rängen zu sitzen. Man konnte sich also auch noch vor den Eltern blamieren. Darauf hatte ich gar keine Lust. Zum Glück waren meine Eltern arbeiten. Ich war wenigstens sportlich. Aber den Typen, die noch nie einen Sieg errungen hatten, würde heute noch vor Publikum besiegelt, dass sie Flaschen waren. Peter beispielsweise war ein hoch gewachsener, schlaksiger Typ, dessen Füße wie bei Charly Chaplin nach außen wiesen. Pinguine hätten ihn als ihresgleichen akzeptiert. Peter war kein geborener Sprinter. Und Yvonne war auch nicht gerade eine Sportskanone. Wenn sie Tempo zulegte, sah es aus, als versuchten ihre Beine sich vom Rumpf zu lösen, während ihr Oberkörper sich fast regungslos über die Aschenbahn bewegte. Die beiden waren die schlechtesten Sportler in unserer Klasse. Gefolgt von einem farblosen Mittelfeld und ein paar wenigen Vorzeige-Strammen.

Einigen von uns waren diese Sportfeste immer suspekt. Uns blieb nur affektiertes Blödeln oder extra langsam laufen. Wir wenigen waren die Coolen, die sich nicht für den Weltfrieden instrumentalisieren ließen. Die Besten des Jahres durften sich freilich überlegen, ob sie in der nächsten Schulstufe auf die Sportschule gehen wollten, um Profi-Sportler zu werden. Ich glaube, die meisten, die auf die Sportschule gingen, wollten nur in den Westen fahren. Mir wäre so etwas natürlich nie angeboten worden, mein Christentum war doch deren Menetekel. Außerdem war dieses DDR-Sportgesocke nicht meins. Obwohl ich's im Geräteturnen bis zur Kreismeisterschaft gebracht habe. Dort landete ich zwar nur im Mittelfeld, aber immerhin. Und trotzdem hatte ich einen Zweier im Sport. Weil Sport nicht mit zu den Hauptfächern gehörte und die Hälfte der Sportstunden – sicherlich wegen mir – auf den Samstag gelegt worden waren. Obwohl ich sonst eine Einser-Schülerin war, bekam ich im Sport immer eine Zwei. Frau Hase, die Sport-Tante, meinte, sie könne mich halt nur einmal in der Woche beobachten. Vielleicht wäre ich am Samstag ja viel schlechter. Da verstehe einer die Welt.

Gemeine, allgemeine und hundsgemeine Genossen

In der 9. und 10. Schulstufe hatten wir zusätzliche Unterrichtseinheiten: „Produktive Arbeit“, also *PA*, alternierend mit „Einführung in die Sozialistische Produktion“, kurz *ESP*. Jeweils sechs Stunden pro Woche. Diese Fächer würden für die nächsten zwei Jahre die Freitage blockieren.

ESP war das Fach, in dem uns die praktischen Seiten des Staatsbürgerkunde-Unterrichts vermittelt werden sollten. Es wurde im Polytechnik-Zentrum unterrichtet, in einer Schule für technische Berufe, und war eine Unterrichtseinheit über die Theorie von Produktionsabläufen in sozialistischen Genossenschaften. Dabei lernten wir Induktionsschleifen bauen und wieder auseinander nehmen. Und Schaltkreise anlegen. Gleichstrom, Wechselstrom, vorwärts, marsch. Wie ein Starkstromkreis gepolt sein muss war dann das(!) Lieblingsthema meines ESP-Lehrers. Man konnte ja nie wissen. Es soll ja vorgekommen sein, dass mal jemand eine neue Wohnung bekam *und* zeitgleich Öfen im Land ausgeliefert wurden. 380 KV. Wo wir sind ist vorn.

Und wir haben gelernt, wie man ein Radio baut, mit dem man BBC empfangen kann. Die Größe der Antenne hätte allerdings so gewaltig sein müssen, dass man damit Breschnew in Moskau hätte winken können. Aber wenigstens wussten wir, wie's geht. Technische Zeichnungen anfertigen war dagegen ein „No na net"*. Schließlich mussten wir auch erklären können, wie ein Radio-Empfänger aufgebaut ist. Und so übten wir Bauen und Zeichnen abwechselnd, bis auch der schmuddeligste Schüler kapiert hatte, dass man den Strich mit dem Radiergummi wegkriegte und nicht mit dem Finger. Wir sollten immerhin ordentliche Bürger werden. Das zeigte sich angeblich schon an den dünnen Strichen in einer technischen Zeichnung. Wir glaubten das. Wir hatten das zu glauben. Widerspruch war ohnehin zwecklos. So viel zu den pädagogisch wertvollen Inhalten von zwei Jahren „Einführung in die Sozialistische Produktion". Wir lernten eine ganze Menge Schrott, gespickt mit Allgemeinbildung in Tonnen voll politischer Füllmasse.

Das Fach PA wiederum hieß nicht nur „Produktive Arbeit". Der „Freundschafts-Betrieb" meiner Schule war das Wälzlager-Werk Luckenwalde, das den Namen irgend so einer Arbeiterfigur trug. Merkte sich eh niemand. Jeden zweiten Freitagmorgen um acht Uhr standen wir also mit den anderen Arbeitern vor dem Werkstor. Auf los ging's los. Ab in die Kabinen und umziehen. Entweder Blaumann oder Schürze mit Mütze. Und feste Schuhe, die waren Pflicht. Der PA-Lehrer begrüßte uns dann und erklärte das Plansoll. Noch ein paar Worte über die Wichtigkeit dieser Arbeit und ran an die Maschine.

* *No na net ist ein Wiener Ausdruck, der sich am besten so erklären lässt: Ein Mann rennt auf den Bahnsteig und kann seinem Zug nur noch hinterher winken. Ein Bahnbeamter fragt ihn: „Na? Zug verpasst?" Darauf der Mann: „No na net – auße g'schobn werd i eam habn."*

Dort habe ich dann Kugellager zusammengestanzt, mit Pressluft und riesigem Knall. Immer die gleichen Bewegungen: Wälzlagerring einlegen, Knopf drücken, *rums!*, Wälzlagerring rausnehmen. Sechs Stunden lang. *Rums!* Andere zahlen für kontemplative Aufenthalte. Ich dagegen weiß heute noch genau, wie ein Zylinderrollenlager aussieht. Meine älteren Geschwister waren natürlich schon vor mir im Wälzlagerwerk gewesen. Bereits in den ersten Lebensjahren hatte ich daher unzählige Zylinder zu sehen bekommen. Die Ausschusszylinder waren mein Kinderspielzeug gewesen. Im Werk fühlte ich mich dann wie im Wohnzimmer. *Rums!*

War man eine gute Schülerin, wurde man für die Qualitätskontrolle eingeteilt. Weil die Technik zum Wohle des Volkes noch nicht so weit war, musste nämlich jede Murmel, nein, jedes Rollelement mit zwei Augen kontrolliert werden. Auch das frei nach chinesischem Vorbild. Nur Singen brauchten wir nicht. Ich schaffte es schließlich zur Qualitätskontrolle. Ein angenehmer Job, und weil am Ende der Produktionslinie fühlte man sich auch nicht so im Hamsterrad. Die Wälzlager für den Westen packten wir in edle Folien ein. „Die für den Osten nur in Ölpapier packen!“, hieß es. Vielleicht gab es ja nicht genügend Ölpapier für alle? Also kriegten die Westler halt die blöde Folie. Sollte mir recht sein. Komisch fand ich es trotzdem.

Im Wälzlagerwerk machte ich meine ersten praktischen Erfahrungen in der Arbeitswelt. Prägend waren sie in jedem Fall. So also sah das Leben aus! Mir war‘s sehr unheimlich. *Rums!* Ich wollte dann doch lieber weiter zur Schule gehen als lebenslang Wälzlager stanzen.

Und noch ein Fach wurde eingeführt: Zivilverteidigung. Zwei Wochen im Juni, militärische Grundausbildung für Fünfzehn- und Sechszehnjährige. Man traute mir zwar nicht wirklich zu, dass ich mein Leben für den Staat hingeben würde, aber falls doch, sollte ich wenigstens wissend sterben. Die FDJ als Kampfreserve der SED zeigte ihre praktischen Auswüchse in einer 14-tägigen Truppenübung für halbe Kinder. Die Mädchen blieben an der Schule, wir lernten Zivilverteidigung. Die Jungs sind in ein Militärheim eingeliefert worden: als Übungsobjekte für Jung-Offiziere. Nur Uwe und Oliver Kluge waren freigestellt. Was nicht ganz stimmt. Oliver war zwar wegen Heuschnupfens nicht in der Schule, aber Uwe hatte nicht unterschrieben. Der war vorgewarnt worden: Nix unterschreiben, was dir ein Offizier hinlegt. Und Uwe hatte einfach nicht unterschrieben. Auch nicht nach dem Pause-Klingeln, nach dieser „Informationsveranstaltung der Offiziere" in unserer Klasse – wo alle nur mehr raus wollten, und schnell, schnell eine „Bestätigung" unterschrieben. Uwe blieb hart, und also bei den Mädchen in der Schule.

Unsere Kompanie bestand somit aus siebzehn Mädchen und zwei Jungs, Heuschnupfen-Oliver und Cool-Uwe. Was für eine Verteidigungstruppe! Wir mussten uns die kack-grünen Uniformen vom GST-Lager abholen. Und Stiefel, so groß und schwer wie Clownschuhe, über die man auch ohne Feind stolperte. Damit waren wir für die nächsten vierzehn Tage einem anderen Kommando unterstellt. Und nicht nur ideologisch auf Uniformität getrimmt. „Stellen Sie Anzugsordnung her!“, war unser morgendlicher Begrüßungstext. Damit hieß es: Hirn ausschalten! Für alle schlechten Schüler ein Geschenk des Himmels, der Wehrunterricht. Jeden Morgen Fahnenappelle, eine Stunde Marschieren üben, dann ein paar Stunden Theorie des Kriegs und die fasligen Erklärungen, warum wir das jetzt alle wichtig finden müssten. Dazu ein Rot-Kreuz-Lehrgang, den wir in einem halben Jahr immerhin für die „Fahrerlaubnis“ brauchen konnten. (*Führerschein* gab's nicht, die Zeiten des Führers waren vorbei.) Und dann ab in den Wald, die Theorie anwenden. Ein Sandkastenspiel mit bitterem Beigeschmack. Keiner wollte sich wirklich einen Ernstfall vorstellen. Aber immerhin fiel für vierzehn Tage Mathe aus. Auch ein Geschenk. Uwe kotzte bereits am dritten Tag und brauchte erst wieder zur gemeinsamen Abschlussübung auftauchen.

Wir Mädchen und Oliver wurden für die Zivilverteidigung ausgebildet. Wir mussten Stützpunkte im freien Gelände mit Kompass und Karte finden, Tote und Verletzte aus den Frontgebieten bergen, und marschieren, marschieren, marschieren. Bei den Geländeübungen konnte man sich wenigstens für eine Weile in die Sonne legen. Aber was hatte Marschieren mit Zivilverteidigung zu tun? Ich hab schließlich versucht, das Ganze als ein Gesellschaftsspiel mit richtigen Figuren, als „Mensch ärgere dich nicht“, zu nehmen. Ohne tierischen Ernst war es zu überleben, und mit dem Kompass kann ich seither auch umgehen. Aber immer dieser militärische Ton. Ein Paralleluniversum. Das konnte ja echt nicht wahr sein! Mit dem Ausbildner war ich in drei Sekunden auf Hundert. Dieser Rüpel, diese Tonart. Und dann mitten im Frieden saublöd rummarschieren. Zählen konnte der Mann auch nicht. Wenn wir so marschiert wären, wie der zählte, hätte die ganze Kompanie humpeln müssen: RECHTS, Pause, ZWO, DREI, VIER. Ein Trottel. Und so einer sollte uns vor den imperialistischen Übergriffen schützen?

Mein Bruder Matthias erzählte mir dann, dass die totale Verwirrung ausbricht, wenn eine Kompanie „seitenverkehrt" marschiert, wenn also beim Vortreten des rechten Fußes der rechte Arm mitschwingt. Unserem Ich-wär-schon-gern-Offizier pfiff es gleich aus den Ohren. Wir hörten ihn nur noch schreien: „Irgendwas stimmt hier nicht! Noch mal! Rechts, rechts, rechts...!" Gott sei Dank kam nicht raus, dass ich das Schlamassel angezettelt hatte. Das wäre garantiert als staatsfeindliche Handlung gewertet worden.

In der Schule lernte ich nicht nur, wie wichtig „die korrekte Berechnung der Fallgeschwindigkeit einer Feder im luftleeren Raum" für den imperialistischen Widerstandskampf ist, sondern bald auch die Sache mit den zwei Arten von DDR-Bürgern: Genossen mit Parteibuch standen jenen gegenüber die, nicht gerade Staatsfeinde, aber zumindest suspekte Personen waren: Schriftsteller, Denker, Künstler, und auch Christen. In Summe waren wir gar nicht so wenige. Aber wer wusste das schon. Wir

Christen jedenfalls hatten Marketingverbot. Im eigenen Jargon: Missionsverbot. Künstler mit wachem Geist mussten sowieso die Klappe halten. Denker konnten sich alles zurechtdenken. Und Schriftsteller haben gelernt, zwischen den Zeilen zu schreiben. Alles in allem erscheint die kleine DDR im Rückblick als geschlossene Ruhezone. Traute sich ja keiner, irgendwas zu sagen. Also war es leise.

Von Genossen, die man heute trifft, gibt es drei Sorten: solche, die richtige Genossen waren; solche, die erst zwanzig Jahre später vorgeben, Genossen gewesen zu sein; und solche, die nie dabei gewesen sein wollten. Die Nie-Genossen waren jene, die weder einem Idealismus noch einem klassenkämpferischem Gedankengut, sondern unerschütterlich dem angenehmen Leben verhaftet waren.

Ausflug in den Westen: Von Genossen im Allgemeinen spricht heute kaum jemand mehr. Ist wohl seit der RAF*-Zeit aus der Mode gekommen. Diese RAF-Typen haben sich in den Mitteln vergriffen und dadurch den Weg für einen westlichen Überwachungsstaat geebnet. Jetzt werden sie von allen Seiten gehasst. Und die übrig gebliebenen sozialistischen Parteien, die auch noch ab und zu das Wort „Genosse" verwenden, sammeln sich in zahnlosen Rentnerorganisationen. Und haben etwas Schüchternes. Als ob sie sich jedes Mal dafür entschuldigen müssten, dass sie irgendwo am Weg durch die Institutionen ihren Wesenskern verloren haben. Wofür stehen die eigentlich?

* *Die Rote Armee Fraktion (eine kommunistische, antiimperialistische Stadtguerilla in der BRD) war zwischen 1970 und 1998 verantwortlich für 34 Morde, zahlreiche Banküberfälle und Sprengstoffattentate.*

Und wieder zurück in den Osten: Der Schulze bei uns in der Straße war noch ein richtiger und ehrlicher Genosse. Er wohnte am Anfang der Potsdamer Straße, Nummer 14, 1. Stock, Tür 4. Einer von der braven Sorte. Also nur mit gelegentlichen Aufträgen für die Stasi*. Klein, etwas dicklich, alleinstehend. Die Partei war seine einzige Freundin, und die Wohnung verließ er nur in seiner ostdeutschen Einheitsuniform: in einem schlecht sitzenden grauen Anzug, der ihm im Äquator-Bereich zu klein war, mit Schlips. Ich kriege immer Mutterinstinkte, wenn ich Männer in zu kleinen Anzügen sehe. Der Schulze war so ein Typ. Man konnte ihn in diesem Aufzug wirklich nicht als gefährlich einstufen.

Die Kleiderordnung hatte man durch die Planwirtschaft gleich für siebzehn Millionen Bürgerinnen und Bürger festgelegt. Im Winter kamen wilde Russenkappen dazu und klobige Filzstiefel. Schwer zu kriegen auf dem DDR-Markt, aber warm und daher begehrt. Manchmal wurde in den Kasernen ja zu wenig Essen ausgegeben. Die Soldaten waren dann hungrig und tauschten ihre Ersatz-Uniform ein. Solche Filzstiefel würde ich heute noch kaufen. Nur kann man jetzt wahrscheinlich nicht mehr mit einem Kleintransporter voller Kartoffeln dafür bezahlen.

Was den überzeugten Genossen mit Herz vom verkleideten Genossen unterschied, war, dass er seinen grauen Anzug in ehrlicher, fast kitschiger Zuneigung trug. Diese Genossen fühlten sich noch eingebunden in den großen Traum von der neuen Weltordnung. Sie lebten

* *Stasi: Verniedlichungsform für Ministerium für Staatssicherheit. No nice guys.*

in dem Wunsch, gemeinsam mit den Amerikanern die *Internationale* zu singen, und tranken ihren Muckefuck* mit Überzeugung. Sie glaubten tatsächlich an den real existierenden Sozialismus. Irgendwann.

Herr Schulze war so einer. Er glaubte wirklich daran, hatte das Wohl des Volkes im Sinn, das Parteibuch in der Tasche und Marx im Herzen. Dabei war er unauffällig, dem Leben eher abgewandt. Eine einfache Seele, die durch die Partei Bedeutung bekommen hatte. Daraus setzte er sein Selbstbewusstsein zusammen. Immerhin arbeitete er an der Verwirklichung eines großen Plans. Er steckte mir auch einmal im Monat eine Zeitung für meine Eltern zu: *„Schaff dir Klarheit – lies die Wahrheit"**. Nach dem Gesichtsausdruck meines Vaters zu urteilen, war der Inhalt jedes Mal deutlich untergut. Mein Gefühl sagte mir, dass ich dem Schulze einfach immer nur Danke sagen sollte für die Zeitung. Auf keinen Fall mehr.

Schulze war auch unser „Abschnittsbevollmächtigter", sozusagen der parteiliche Seelsorger der Straße. Er grüßte uns, und wir grüßten ihn, wenn wir uns in unserer Straße trafen. Erst aus Pflichtgefühl, dann aus so etwas wie Vertrautheit. Er gehörte einfach dazu. Einmal im Jahr war „Abschnittsbevollmächtigten-Vollversammlung" für die ganze Straße. Ein Partei-Weihnachtsfest im Frühling, mit Krimsekt und Brötchen für alle. Dadurch kannte man seine Nachbarn. Außerdem merkte man fast nicht, dass es eine Pflichtveranstaltung war. Nur meine Eltern waren nie eingeladen. Wären eh nicht hingegangen und ersparten sich so die sozialistischen Erklärungen, warum

* *Muckefuck: ostdeutscher Getreidekaffee, musste man mühsam aufkochen*

* *Die Wahrheit: gelegentliches Flugblatt des Arbeiter- und Bauernbundes*

das Wirtschaftswunderland DDR noch immer keine Bananen ausliefern konnte. Ich war einmal mit meiner Freundin Andrea und ihren Eltern dort: salbungsvolle Reden über die Errungenschaften der SED, Verteilung von Wimpeln und Urkunden und kleiner Imbiss. Keine Bananen. Mein Vater spottete nur über diese Häppchen: „Ich werd' immer hungrig vom kleinen sozialistischen Imbiss." Ich aber fand's nett. Zu essen gab es eh zu Haus. Was wollte mein Vater? Der Schulze war nett. Aber der wäre auch im Westen nett gewesen.

Die Genossen, die bei der Stasi arbeiteten, hatten keinen Namen. Das Wort „Stasi" wurde außer in einigen Witzen aber sowieso nicht verwendet. Denn selbst, wer in der Gunst der Partei stand, musste auf der Hut sein, um in dieser latenten Bedrohtheit der DDR-Überwachungswelt nicht aufzufallen. Man durfte nur nicht zu viel von irgendwas sein. Schon war man unter Verdacht. Eine moderne Art der Inquisition und dazu völlig konturlos. Verdächtig war man ja bereits mit langen Haaren oder anderen Sozialismus-feindlichen Formen. Wenn nicht gar konspirativ, wie es gleich mal hieß. Eigentlich war es ja schon gefährlich, mit mehr als drei Schülern zusammen auf dem Schulhof oder auf dem Marktplatz zu stehen. Öffentliches Versammlungsverbot. Alles musste angemeldet werden. Und wenn das mal nicht der Fall war, dann war damit zu rechnen, dass „aus Interesse" ein oder zwei Fremde im Publikum saßen. Wir haben uns darauf eingestellt und konnten damit umgehen. Jedenfalls redeten wir uns das ein. Wir haben eben ein paar unbequeme Facetten in Kauf genommen. Wie denn auch sonst? Tollkühn mit dem Kopf durch die Wand? Nee, das waren wir alle nicht. Auch wenn einige ja wahre Helden gewesen sein wollten. Ich für meinen Teil hatte einfach eine nebulose Angst, an der Stasi anzustreifen. Sie war überall, aber nicht greifbar. Keiner von uns kannte sie, aber jeder wusste von ihr.

Politik hat in unserem Leben überhaupt keine Rolle gespielt. Man tat nur so, indem man Vorgegebenes machte. Oder auch nicht. Und dann sah man's eh. Die Mächtigen blieben unsichtbar, solange man nicht an der Oberfläche kratzte. Man spürte sie erst, wenn man nachfragte. Aber das traute sich kaum einer. Man hielt sich an die Spielregeln, die im Grunde ganz einfach waren. Nichts hören, nichts sehen, nichts reden. Brisante Themen wurden nicht einmal innerhalb von vier Hauswänden angesprochen. Dazu musste man spazieren gehen. Der Wald hatte noch keine Ohren.

Die Genossen, die es bei der Kleiderordnung beließen, waren die eindeutige Mehrheit. Ihr Klammeraffe: Mit zu vielen Fragen war eine Parteikarriere schon in ihren Anfängen beendet. Für sie galt: den grauen Anzug anziehen und Klappe halten. Die Verlockungen der Protektion, der Studienplatz für die Kinder und der bessere Urlaubsort für die ganze Familie waren gewichtige Argumente. Unser Staatsbürgerkunde-Lehrer war so einer. Er liebte es nicht, wenn man ihm widersprach. Vor allem nicht auf Gebieten, auf denen er selbst einen amateurhaften Ehrgeiz entwickelt hatte. Mit Feuereifer brannte er für den Sozialismus. Spröde und verbissen. Auch wir, seine

Schüler, mussten in dieses Schema passen. Aber sollten wir ihn ernst nehmen? Und womöglich selbst daran glauben?

Wir waren junge Leute. Bei aller Kritik und Distanz, die wir in unserem Jungsein aufbrachten: Der Aufbau des Sozialismus konnte nicht so schlecht sein. Aber er forderte Engagement, Taten. Sollten wir diesen Staat also mitgestalten? Entscheiden, ein Haus zu bauen, dessen Fundament im brandenburgischen Moor versank? Abgesehen von den Repressalien, die den Glauben an die sozialistische Ideologie nicht gerade verstärkten: Warum mussten die uns überhaupt so meinungsmanipulieren, wenn der ganze Sozialismus eh so fein ausgedacht war? Das zu fragen, hätte keiner gewagt. Als ob Fragen stellen schon Aufbegehren gewesen wäre. Und dazu noch die Pubertät. Dein Körper passt nicht und du spürst das erste Mal, dass auch im Außen manches nicht stimmt. Nichts ist passiert. Es war nur das Gefühl: Da stimmt was nicht. Die erzählten mir da was vom Sozialismus, was gar nichts mit dem Leben zu tun hatte. Da war kein Sozialismus drin, obwohl Sozialismus draufstand.

Ich konnte mich noch gut herausreden: Ich war ja noch jung. Hatte gerade zweimal was erlebt und vier Bücher gelesen. Ich begann erst, mit mir selbst zurechtzukommen. Mit meiner neuen Kraft, mit meiner jugendlichen Radikalität. Nur: was sollte ich für bare Münze nehmen?

Wir haben doch noch so viel mehr geglaubt – als gewusst.

Die Staatsbürgerkunde-Stunden konnte man mit heimlichem Augenrollen überleben. Und innerlich hast du die ganze Zeit die Argumente gecheckt. Was, wenn die Welt wirklich besser wäre mit echtem Sozialismus? *„Wacht auf, Verdammte dieser Erde, die stets man noch zum Hungern zwingt! Das Recht wie Glut im Kraterherde nun mit Macht zum Durchbruch dringt. Reinen Tisch macht mit dem Bedränger! Heer der Sklaven, wache auf! Ein Nichts zu sein, tragt es nicht länger, Alles zu werden, strömt zuhauf! Völker, hört die Signale! Auf zum letzten Gefecht! Die Internationale erkämpft das Menschenrecht."* Die *Internationale* ernst nehmen? War doch alles Humbug. Hatte doch alles nichts mit dem Leben auf der Straße zu tun.

Ein Werbeplakat des VEB* Glühlampenwerks NARVA versprach: „Die Zukunft wird heller." Also mussten wir nur die Zukunft abwarten, das eigene Denken auf später verschieben. Erst als ich älter wurde, lernte ich, meine Unsicherheit hinter einer dünnen Fassade lächelnder Skepsis zu verbergen. Heute schäme ich mich manchmal dafür, den Mund zu oft gehalten zu haben.

Dabei hätte ich gern an den real existierenden Sozialismus geglaubt. Wie der Schulze, so einfältig, so naiv. So diesseitig. Aber das, was die alle aufführten, hatte ja was von Zwangsjacke. Die Revolutionäre von einst waren mutige Typen und taugten mir als Jugendliche. Etwas wagen, umsetzen. Die sozialistischen Arbeiterbewegungen und Revolutionen bekamen wir jedes Jahr in irgendeinem Fach auf die Schulbank gelegt. Angenommen, das stimmte alles. Dann wären wir, als die nächsten Eroberer,

* *VEB = Volkseigener Betrieb: also eh meiner. NARVA produzierte Leuchtmittel, insbesondere Glühlampen.*

gerade in den Startlöchern. Die Welt war nur noch nicht rot, weil *wir* unseren Hintern bisher nicht hochgekriegt hatten. Aber in zehn Jahren schon sei alles zu schaffen. Überall Gleichberechtigung von Frauen und Männern. Bildung und Entwicklung für alle. Eine schöne, eine gerechte Welt. Sozialismus. Im Jetzt sah das aber völlig anders aus. Da wurde alles durch ein paar wenige bestimmt. Und die fanden sich zufrieden im Motto vereint: „Beziehungen schaden ja immer nur dem, der keine hat.“ Irgendwo waren wir da falsch abgebogen.

In den 1980ern ist uns das Denken dann ganz erspart geblieben. Das Politbüro war endlich fertig mit dem Formulieren der DDR-Dogmatik. Die Unwissenheit wich zurück beim Nahen der roten Socken. Katzen kommen nicht in den Himmel, und die Partei hatte immer Recht. Spätestens hier hätte doch jemand *Autsch!* schreien müssen. Sollte doch die Partei die Massen aufnehmen und sie einem Ziel verschreiben. Die Massen fanden sich aber nicht mehr so freiwillig ein. Wer also der Sammelbewegung unter dem sogenannten „freiwilligen Zwang“ beitrat, tat das möglichst heimlich und vermied es, das Abzeichen zu tragen. Mitte der 1980er war es bereits chic, sich politisch rauszuhalten und erst gar nicht am Staatssystem anzustreifen.

Was wollte eigentlich der alte Marx? Hoffentlich mehr als über eine neue Gesellschaftsordnung das eigene chronische Pleiteproblem zu lösen. Auf dem Weg nach seinem Utopia sind uns dann aber leider die Füße eingeschlafen. Immense Schlamperei ist übrig geblieben. Ist Marx missverstanden worden? Jedenfalls vermute ich das mal – aus so einer Art Grundrespekt vor der Heiligenfigur. Aber seine Texte lasen wir eh kaum. Viel wichtiger war es, die Jahreszahlen der Bodenreformen zu wissen. Durch Umverteilung wird der Mensch nur leider nicht besser. Dabei sollte mit dem Eigentum der Produktionsmittel auch gleich die Freiheit des Eigentümers mitgeliefert werden. Entwickeln und vermehren, eine romantische Vorstellung von Charakterbildung und Gesellschaftsform. Ich bin aufgestanden, wenn eine alte Frau in den Bus einstieg. Ich hab den Müll runtergetragen, wenn irgendwo einer vor der Tür stand. Ich hab den Alten über die Straße geholfen. Ob ich das jetzt wirklich Marx und seinen Genossen verdanke? Oder Rosa Luxemburg? Ganz bestimmt aber nicht dem Ministerium für Staatssicherheit. Überwachung gebiert sicher mal keine Sozialisten. Aus.

Zur 1. Mai-Feier im Jahr 1988 sind wir noch mit Rosas Gassenhauer aufmarschiert: *„Freiheit ist immer die Freiheit des Andersdenkenden.“* Verstanden habe ich die gute Frau erst Jahre später. Es hat eben niemand Freiheit von Natur aus oder per Geburt. Die Würde des Menschen wie seine Freiheit sind antastbar. Und noch was: Niemand kann dauerhaft Rechte für sich durchsetzen, wenn er nicht wirklich so frei ist, sie anderen zuzugestehen. Freiheit ist kein Gut, das man sich nehmen, rauben oder kaufen kann. Man muss es vor allem geben, für sich und andere erkämpfen und durchsetzen. Bevor Freiheit ein Recht ist, ist sie eine Pflicht. Die wirkliche Freiheit besteht genau darin, anderen die Möglichkeit zu geben, auf andere Weise frei zu sein. Gleiche Freiheit ist die Voraussetzung für echte Verschiedenheit. Stattdessen lebten wir mit Überwachung und Repressalien. Darin wurzelt das eigentliche Scheitern des realen Sozialismus. Kritische Töne hörten wir im ML*-Unterricht nicht. Dabei hätte uns gerade das so angespornt. Hier hätte die Freiheit des Geistes zumindest philosophisch ihren Platz haben können. Denkste.

Die roten Macker haben's anders gedreht. Ganz anders. Die haben einfach unser Schwimmbad in Luckenwalde linienkonform benannt. Quasi nach *mehr* benamst. Es hieß: „Zum X. Parteitag", oder so was. Da brauchst du nicht mehr denken. Da bist du nur mehr sauer. Oder abgedreht. Oder wurschtig. Oder gehst einfach nur Schwimmen. Musst ja nicht dein eigener Feind sein.

Meinen fünfzehnten Geburtstag wollte ich dann auf der *Bahnwiese* feiern. Seit dem letzten Osterfeuer meines Vaters war hier ein Lagerfeuerplatz. Ein paar Holzscheite lagen herum, und mein Vater brachte zudem noch Holzabfälle aus dem Garten. Ich sorgte für Salate, Club-Cola und Brause. Und damit für die Rahmenbedingungen, die das Ganze gemütlich machten. Eine idyllische Lagerfeuerszene breitete sich aus. Junge Leute halt, ohne CD-Player und Kino-Angebot. Eine Gitarre, ein paar Zigaretten und eine Flasche Kornschnaps, der gleich um die Ecke in der Luckenwalder Brauerei gebrannt worden war. Meine Schulkollegen begannen, Alkohol zu trinken. Ehrlich Mutti, ich hab nichts angerührt. Wir waren unbeobachtete Jungstars beim Ausprobieren der Weltherrschaft. Weil uns der Hunger nicht heimtrieb

* *Völlig unnütze Unterrichtseinheiten in Marxismus und Leninismus*

und wir uns das Unterhaltungsprogramm selbst machten, blieben wir länger. Die alten Kinderlieder fielen uns ein. Auswendig gelernt hatten auch wir im Osten schon lange keine Volkslieder mehr. *„Unsere Heimat, das sind nicht nur die Felder und Hügel...“* wurde zum Knüller des Abends. Andi konnte die Klangfarbe unseres Pionierleiters täuschend ähnlich nachmachen. Wir sind gelegen vor Lachen.

Irgendjemand konnte sogar *„Deutschland, Deutschland über alles“** auf der Gitarre spielen. Und wir sangen. Betrunken war der Text eh wurscht. Woher sollten wir den Text auch kennen. War ja verboten, dieses Lied. Aber das fiel uns jetzt nicht auf. Klareren Kopfes hätten wir ahnen können, dass das Gras hier Ohren hat. Haben wir aber nicht, sondern weitergesungen. Wir fühlten uns sicher und geborgen in dieser Runde. Obwohl die erste Zeile dieses Liedes genügte, um ziemlichen Ärger zu bekommen. Milde ausgedrückt. Schon beim Singen fühlte ich mich schal. So aus der Fülle heraus wollte der Text nicht gelingen. Natürlich gab es keinen Verhaltenskatalog, in dem genau aufgelistet war, was man sagen, tun oder singen durfte. Es gab nur eine Stimmung in meiner gesamten Umgebung: Das darfst du und das darfst du nicht. Und wer nicht anecken wollte, hielt sich dran. An diesem Abend haben wir uns nicht dran gehalten. Wir sangen in feucht-fröhlicher Stimmung das Lied des Klassenfeindes. Und es wurde gehört.

Heute hoffe ich noch immer, dass es irgendein Nachbar war, der um halb zwei in der Nacht noch nach seinen

* *Die dritte Strophe des Deutschlandlieds ist die Nationalhymne der BRD.*

Pfingstrosen geschaut hat. Was unwahrscheinlich ist. Die Stasi jedenfalls wusste dann alle unsere Namen. Und auch, dass Andi die Gitarre gespielt hatte. Also hatte irgendeiner von uns gequatscht. Da war sie wieder, die Feindseligkeit. Abend für Abend ging ich nun meine Freunde durch. Wer konnte in unserer Gruppe das U-Boot sein? Natürlich wussten wir, dass sich Stasi-Typen manchmal ins Gras legten, um den konspirativen Kräften auf die Schlichte zu kommen. Aber bei meinem Geburtstag? Wem konnte ich jetzt noch wirklich vertrauen? Irgendwann fühlt man sich dann ertappt, obwohl man gar nichts gemacht hat. Eine Art Lebensscheu entstand in der Folge, die auch andere Projekte im Kopf-Keimen schon erstickte. Es musste sich nicht mal um verbotene Lieder handeln. Das wäre ja wenigstens was Konkretes gewesen. Da hätte man wenigstens gewusst, was man gemacht hat.

Wir erfuhren am folgenden Montag, dass wir wegen des Liedes bei der Stasi angezeigt worden waren. Andi tauchte in der Schule erst gar nicht mehr auf. Anja meinte, den hätten in der Früh zwei Männer am Schultor abgefangen, dann wären sie mit ihm in ein Auto gestiegen. Das war ja wie im Westfernsehen. Auf einmal fühlten wir uns bedroht. Wir, der Staatsapparat und die Lehrorgane, die uns das Lesen und Singen beigebracht hatten. Unsere Lehrer mussten schon vor uns informiert worden sein, denn niemand regte sich auf, dass Andi nicht in der Klasse saß. Als ob er seit Wochen krank gewesen wäre und es zum normalen Verlauf der Gesundung gehört hätte, dass er noch nicht wieder da war.

Für uns restliche neun fiel Mathe aus, dafür wurde ML eingeschoben. Unsere Namen standen auf einer Liste, und wir wurden gleich am Schultor gebeten, uns umgehend im Direktorenzimmer zu melden. Dort sollten wir zum „Lagerfeuer-Vorfall“ Stellung nehmen. Und Andi als treibende Kraft unserer Gruppe an die Stasi ausliefern. Das war jetzt nicht wirklich ihr Ernst. Da gab es so Vieles, was zum Himmel schrie, und nun wurde ein Fünfzehnjähriger von der Stasi abgeholt und keiner von uns durfte fragen, was los war? Zehn Jugendliche waren auf der Bahnwiese herumgesessen und hatten ein paar Lieder gesungen. Und eins davon war im Suff halt falsch aus der Jukebox gekommen. Dafür sollten wir jetzt unseren Klassenkameraden gleich ans Messer liefern? Und vor allem: Woher wussten die das alles so genau? Hatte ich die zu meinem Geburtstags-Lagerfeuer eingeladen? Die ersten Zweifel konnte ich noch mit Wut ins Außen richten. Aber die Frage, wer von uns zehn gequatscht haben konnte, war viel schlimmer. Da begann Don Quijotes Windmühlenkampf *und* Schattenboxen auf glühenden Kohlen. Gleichzeitig. Weil nicht sein konnte, was nicht sein durfte, wollte ich die Familien meiner Freunde nicht verdächtigen. Und es geschah doch. Denn nur drei Familien hatten ein Telefon in unserem Bekanntenkreis… Ich begann zu taxieren, zu lauern, noch vorsichtiger zu werden.

Für uns neun gab es an diesem Vormittag also keinen Mathe-Unterricht. Und ich traute mich in unserer ML-Sonderschicht nur ein einziges Mal, halbherzig zu Andi zu stehen und meinen gesunden Menschenverstand ins

Spiel zu bringen, den man normalerweise anerzogen bekommt, vor ML-Stunden aber lieber abgab. Nachdenken war in diesen Stunden eher hinderlich, jedenfalls wenn man nicht wegen Staatsbürgerkunde durchfallen wollte. Unser Pionierleiter predigte schon fast eine geschlagene Stunde. Wir waren doch keine Bombenattentäter, die sich in einer Initialisierungsrunde dem westdeutschen Imperialismus geweiht hatten, um eine Guerilla-Gruppe zu gründen! Kleinlaut sagte ich, dass wir von dem kurzen Lied ja nicht mal den Text richtig gekonnt hätten. Und dass wir uns bei wem auch immer entschuldigen würden. Der ML-Typ aber polterte weiter, von wegen Verantwortung für das Staatsganze, Vorbildwirkung für die Klassenkameraden, und überhaupt und außerdem. Schließlich brach's aus mir heraus: „Mit dem Anziehen eines FDJ-Hemdes braucht man ja nicht gleich den Verstand abgeben. Oder?" Dann war es still.

Ich war selbst erschrocken über meine Worte. Was immer die sich für mich jetzt ausdenken würden. Ich hoffte auf *nur* Diskussionsbeiträge, stellte mich aber auf schlimmere Folgen ein. Es war gefährlich, die Genossen nicht ernst zu nehmen. Gott sei Dank ist nichts passiert. Es ging im üblichen sozialistischen Text weiter. „Reden mit konspirativen Kräften" wurde auf der Parteischule offenbar nicht gelehrt, also war unser Pionierleiter mit der Situation ein bisschen überfordert. Sein Hirn rauchte Pfeife. Und wir mussten mit der Kriegserklärung eines verzweifelten Theoretikers rechnen. Wir hatten nicht mal das Mitleid der Öffentlichkeit auf unserer Seite. Gab ja keine Öffentlichkeit. So weit haben wir damals aber auch nicht gedacht. Unser Gefühl sagte uns eher: Wenn du mit heiler Haut davonkommst, hast du Glück gehabt. Absurd. Andi jedenfalls blieb für drei Tage verschwunden. Den anderen aus der Klasse wurde gesagt, dass er krank sei. Außerdem würde man für die Klasse am Nachmittag noch eine Extrastunde über den Sinn des imperialistischen Schutzwalls einschieben. Rundumschlag. Die ganze Klasse musste nachsitzen. Wir trauten uns nach unserer morgendlichen Verwarnung nicht mal, den anderen die Extrastunde zu erklären. Aber ich hatte nun wirklich genug. Das alles hatte nichts mehr mit der Wahl der Waffen zu tun. Nonverbal und verbal war uns klargemacht worden: Ihr sitzt am kürzeren Ast, und wenn ihr noch weiter dran sägt...

Ich schaltete für den Rest des Tages bei dem verlogenen Heimatgetue auf Durchzug. Die mit ihren umhäkelten Klorollen am Hutbrett. Ausgerechnet die erzählten mir was über Staatsfeindlichkeit. Mir ging dieses Schutzwallgequatsche ziemlich auf den Nerv. Und ich wollte mich nicht als vaterlandslose Gesellin und Freundin des Imperialismus beschimpfen lassen. Erst Lieder verbieten, dann Bücher und schließlich das Denken. Aber die Gedanken sind bekanntlich frei, wie wir aus einem jahrhundertealten Lied wissen. Volksmusik gehörte auch verboten. „Heimat, Heimat ..." So weit ist es dann nicht mehr zu „Heim ins Reich..." Wer sagte dagegen was? Hier wollte doch jemand nur den Mut der Suchenden ersticken.

Nach unserer Lagerfeuerszene war ich noch mehr darauf bedacht, meine Meinung nur im Wohnzimmer zu sagen.

Neuzeitliches Biedermeier. Feine Seismographen gaben an, wer was von wem erfahren durfte. Ich hielt mich damals für zu jung für dieses Spiel. Konnte aber auch ohne Worte spüren, was gefährlich sein konnte. Und das war ein ausgezeichneter Indikator für: Halt lieber die Klappe! Politisch aktiv wurde nur, wer sich in der Partei anbiederte. Und nach solchen Szenen stand eher die Frage im Raum, wie wir möglichst einen großen Bogen um die Handlanger dieses Staates machen konnten. Irgendwas passte nicht mehr. Der gepredigte Marxismus hatte nichts mehr mit der propagierten „Erfolgsstory" gemein. Und außerdem war mir nach dieser Sache tagelang schlecht. Der Klassenkampf hatte die Fronten gewechselt. Ich hatte unheimliche Lust, mein Möglichstes beizutragen. Ich wusste zwar, dass Klassenkampf keine Beamtenlaufbahn mit Pensionsanspruch war. Alle unsere sozialistischen Helden waren ihrer statistischen Lebenserwartung um Jahre unterlegen. Aber das permanent anwesend Abwesende zermürbt. Diese Nebel-Angst hält dich zurück. Zur Skepsis hatte sich erwiesener Vertrauens-Verlust gesellt. Dabei hatten wir doch nur an der Oberfläche gekratzt. Wir waren so ahnend nichtsahnend, was wir alles noch nicht wussten. Ich hatte Bammel bekommen, geradezu unheimlichen. Da war nichts von Widerstandsbewegung oder wirklichem Klassenkampf. Gar nichts. Da war Schock. Schock vor deren Macht. Wir haben uns dann im Alltag vergraben. Das wirklich Schlimmste war, dass wir zehn vom Lagerfeuer nie über diese Geschichte gesprochen hatten. Nie wieder hat einer von uns über meinen fünfzehnten Geburtstag gesprochen. Nie wieder.

Von der Sowjetunion lernen, heißt siegen lernen

Das Jahr 1989 begann für mich mehr als aufregend. Das „VEB-Kombinat Flügel- und Klavierproduktion *Bertolt Brecht*" feierte die wieder einmal übererreichten Ziele des letzten Jahres mit einem Ball. Dazu war die gesamte lokalpolitische Spitze geladen. Also Russen und Männer in grauen Anzügen mit ihren Frauen, die an ostdeutsche Kampfrichterinnen erinnerten. Die Rede eines VEB-Oberfuzzis war aus mir unbekannten Gründen gekürzt und dafür Platz für ein Klavierstück von acht Minuten geschaffen worden.

Als sie an der städtischen Musikschule eine Pianistin suchten, die mit einem Klavierstück Kultur in den Abend bringen sollte, erhielt ich den Zuschlag. Und damit die Einladung zu meinem ersten Ball. Nervös ist gar kein Ausdruck. Ich war grün vor Aufregung und litt an Zappelängsten. Mein Acht-Minuten-Stück würde sicher in drei Minuten fertig sein. Aber zugesagt war zugesagt. Blieb nur noch die Frage: Was zog man an? Ich fragte meinen Klavierlehrer. Der meinte, ich solle mir ums Aussehen keine Gedanken machen, es gebe Krimsekt. Als ob das die großen Fragen des Lebens beantwortet... Krimsekt, von den oder für die Offiziere der Roten Armee gesponsert. Ein feuchter Gruß aus der Heimat.

Ich war dann für meine Verhältnisse doch ziemlich herausgeputzt im Kleinen Schwarzen, was nicht falsch sein konnte. Mit Schulterpolstern so groß wie Tragflächen. Der letzte Schrei. Ich hielt mich daran fest, und es hat geklappt. Der Applaus war wie ein Orkan in meinen Ohren und Nahrung für mein Selbstbewusstsein. Ich war richtig glücklich. Es wurde *mein* Ball.

Zum Ende des offiziellen Teils sang der Luckenwalder Heimatchor dann „Kalinka". Noch ein Gruß aus der russischen Heimat. Und alle sangen mit. Mitten in den Abspann der Kapelle erhob irgendsoein mit Orden bespickter General der Sowjetischen Armee sein Krimsektglas und läutete mit einem Toast den gemütlichen Teil des Abends ein. Was man halt bei einer russischen Disco für Pensionisten unter gemütlich verstand. Mit meinen fünfzehn Jahren habe ich das Durchschnittsalter der Anwesenden auf achtzig gedrückt. Einer der Gäste wollte mich trotzdem zum Tanzen auffordern. Dabei machte er eine so tiefe Verbeugung, dass er sich in der Lendengegend verrenkte. Er entschuldigte sich, peinlich betreten, und verschwand. Ich war erleichtert, denn ich wollte nicht tanzen, und mit dem schon gar nicht. Mein Klavierlehrer dagegen zeigte sich charmant und unterhaltsam. Wer hätte gedacht, dass der Typ sich mit Ende zwanzig mit einer fünfzehnjährigen Göre abgab? Aber wir fanden Themen, die uns beide interessierten. Jenseits der Musik gab es freilich nicht viel in meinem Leben. In seinem schon.

Und dann wurden an alle Damen Zettel verteilt. Kopien. Für diesen Bonzen-Ball hatte es eine Kopiererlaubnis gegeben! „DAMENSPENDE, abzuholen beim Damenspende-Verantwortlichen am Eingang rechts. DRUSCHBA FREUNDSCHAFT“, war da zu lesen. Aber was sollte das sein? Eine Art Frauentausch zur Unterhaltung der Festgäste? Ich hoffte nur, dass mein Klavierlehrer keine neue Dame gespendet bekam. Er aber erklärte mir, es handle sich nur um ein Geschenk, das ich mir abholen sollte. Würde es das *Manifest* mit Goldschnitt sein? Die Klavierpartitur der *Dreigroschenoper*? Originell wäre eine Oktave Klaviertasten gewesen. Immerhin war ich ja auf dem Ball des Flügelkombinats. Im nächsten Jahr dann die nächste Oktave. Man müsste halt acht Jahre auf der Gästeliste stehen. Vielleicht gab es sogar eine Art Tauschbörse, bei der man sein *Fis* gegen ein *eingestrichenes C* tauschen konnte. Gespannt machte ich mich auf den Weg zum Damenspende-Verantwortlichen – von dem ich ein Kochbuch bekam. Ein Gulaschkanonen-Kochbuch, gestiftet von der Brigade *Vladiwostok*. Was glaubten die Russen eigentlich, wie wir ostdeutschen Familien lebten? Als Nomaden zwischen Potsdam und Karl-Marx-Stadt? Wenn es wenigstens ein Schnittmuster von Margot Honeckers Parteitags-Uniform gewesen wäre. Aber ein Kochbuch? Was bekamen dann die Herren beim Kindergärtnerinnen-Ball? Eine Bohrmaschine? Wie war das noch mal mit der Gleichberechtigung?

Nach diesem Ball kehrte ich wieder in meinen Alltag zurück: Schule, Musikschule, Gottesdienst, Band. Woche um Woche. Im Trott. Dabei will man mit fünfzehn oder sechszehn doch so unbedingt *alles* machen, zumindest einmal aus dem Schatten der Eltern heraustreten. Nur wie? Ich stellte mir immer wieder vor, welch andere Möglichkeiten ich hätte, wäre ich im Westen groß geworden. Ich hätte die Spielregeln der großen weiten Welt beim Abendessen mitbekommen und die dazugehörige Sprache, die Gepflogenheiten und Begriffe verstehen gelernt. So kannte ich das alles nur aus dem Fernsehen. Vergeblich versuchte ich, die beiden Welten zusammenzubringen, wenigstens in meinem Kopf. Aber mir blieb nur das Gefühl, dass etwas nicht in Ordnung war. Ein Alarmsignal, das sich jedes Mal meldete, wenn wir Jugendlichen uns über den Westen unterhielten. Und das taten wir immer öfter.

Nach der *Deutschland-Deutschland-über-alles-Geschichte* im letzten Jahr hatte meine Klasse einen neuen Staatsbürgerkunde-Lehrer bekommen. Frisch von der Uni und eingeschworen auf die Grundfesten des Marxismus-Leninismus. Der sollte unsere Gehirne putzen. Mit diesem Ruf konnte er aber ein noch so netter Kerl sein. Wir hatten uns entschieden, ihn nicht ernst zu nehmen, und nichts an ihm blieb unverspottet. „Kojak" war sein Aktenname in unseren Gesprächen, denn man konnte schon absehen, dass der Haarwuchs an seiner oberen Kopfhälfte keine dauerhaften Erfolgsaussichten hatte.

Zu Stundenbeginn gab es bei ihm immer zehn Minuten mündliche Leistungskontrolle. Was wir aus der letzten Stunde hätten wissen sollen: Aufbau und Aufgaben des ZK* der SED und die Sonderstellung des Politbüros.

* *Dem Zentralkomitee gehörten alle Bonzen an. Es bestand zuletzt aus 165 Mitgliedern und 57 Kandidaten. SED: Sozialistische Einheitspartei Deutschlands. Politbüro: Ein kleiner Zirkel hochrangiger Parteifunktionäre (rund 35 Leute), die alles entschieden.*

Wer merkte sich nur solchen Mist? „Und plötzlich wird es Winter…“, schoss es mir durch den Kopf. „Hoffentlich nicht ich, bitte, bitte, bitte…“ Es war wie im Film, wenn die Kirchenglocken zu läuten beginnen, während man sich im Kirchturm versteckt: GONG, GONG, GONG! „Ines, bitte! Was sind die Aufgaben des Politbüros?“ „Äh…“, stottern, Zeit gewinnen, „…eine seiner Aufgaben besteht in der Auslegung des Kerndogmas. Das Politbüro ist für die Interpretation der Glaubensgrundsätze der kommunistischen Dogmatik zuständig und damit auch die Instanz, Abweichler auszumachen…“ Bruchteile von Sekunden war ich sogar recht glücklich, etwas von mir gegeben zu haben. Hätte aber wohl besser die beiden Weltsysteme meines Lebens wortwahlmäßig nicht durcheinander bringen sollen. Christentum und Kommunismus sind eben doch nicht das Gleiche, auch wenn sie aus einem ähnlichen Wertekanon schöpfen.

In den folgenden Momenten sollte ich das kapieren. Wer in der Klasse nicht an totaler politischer Sehschwäche litt, hatte mitgekriegt, was gerade passiert war. Mir wurde immer heißer. „Erst denken, dann reden!“, zischte es mir durch den Kopf. Was hatte ich nur getan? *Abweichler*, gongte es jetzt im Kirchturm. Keiner rührte sich. Inhaltlich war ja eigentlich alles richtig gewesen. Irgendwie. Die Zeit blieb stehen. *Kerndogma, Glaubensgrundsätze*, solche Wörter standen natürlich nicht in unserem Staatsbürgerkundebuch. Und wir folgten schon gar nicht irgendeiner *Ideologie*, sondern der *Wahrheit*, die uns durch die Utopie des wahren Kommunismus vermittelt wurde. Wegweiser müssen den Weg ja nicht selber gehen.

Ich kriegte erst viel zu spät mit, dass mein Lehrer gar nicht mehr auf eine weitere Antwort wartete, sondern an den *Abweichlern* hängen geblieben war. Damit hatte ich gegen den Wegweiser getreten, obwohl der schon eine ganze Weile Richtung Pseudokommunismus zeigte. Noch immer war es stockleise in der Klasse. Nur Honis Wandbild brüllte mich an. Schließlich hörte ich mich in die Stille rufen: „Von der Sowjetunion lernen, heißt, siegen lernen!" Und dann setzte ich mich einfach, weil meine Knie nachgaben und ich zwischen den Sitzreihen nicht mit einem riesigen Spektakel untergehen wollte.

Am Ende kam ich mit einem Diskussionsbeitrag* zum Thema *„Die Parteienlandschaft der Deutschen Demokratischen Republik und ihr Vorbild für die Welt"* davon. Die *freien Wahlen* waren vorüber, und ich sollte meine Kollegen nun informieren, wie auf der Basis der Wahlergebnisse das Zentralkomitee zusammengestellt wurde. Damit konnte ich die anderen auch gleich auf ein pflichtbewusstes Bürgerdasein vorbereiten. Immerhin durften wir in einigen Jahren auch wählen. Unser Staatsbürgerkunde-Lehrer meinte, dass ich die unpassenden Formulierungen nur irgendwo aufgeschnappt haben konnte, und die Stunde ging weiter. Weiteren Ärger bekam ich nicht.

Zu Hause fragte ich dann aber, was unter einem 98,7-prozentigen Wahlsieg zu verstehen sei. Mein Bruder Axel erklärte mir: „Na, 100 Prozent sind alle, die wählen dürfen. Und 98,7 Prozent sind eh alle: wegen der statistischen Ungenauigkeitsvariable." Diesen Begriff

* *Diskussionsbeiträge waren vorbereitete Referate zum FDJ-Nachmittag. Da sich meist keine Freiwilligen fanden, wurden diese Referate als eine Art „positive Sanktion" verteilt.*

wollte ich mir unbedingt merken. Aber ich hatte auch das unbestimmte Gefühl, dass dieses Wort den nächsten Ärger mit Kojak hervorrufen würde. *FDGB, FDJ, Demokratischer Frauenbund Deutschlands, Kulturbund der DDR, GST, DTSB** – mein Bruder meinte, das wäre alles das Gleiche. Wir sollten einfach aufhören, ein Mehrmöglichkeitensystem zu simulieren. Aber wem sagte er das?

Am Ende entschied ich mich trotzdem, die Erkenntnisse meiner Familie zu ignorieren. Ich wollte ein erstklassiges Referat über die DDR als ersten Arbeiter- und Bauernstaat auf deutschem Boden und über die Vorbildhaftigkeit des ostdeutschen Parteiensystems halten. Nur mochte meine Kreativität noch immer nicht mitmachen, als ich schon zwei Stunden lang auf ein leeres Blatt Papier gestarrt hatte. Je später der Abend, desto besser die schlechten Ideen. Alles fiel mir ein: Die Klospülung aus sozialistischer Sicht. Oder Bleistiftanspitzen im kommunistischen Geiste. Am Ende entschied ich mich für eine halbe Stunde Bildmaterial. Dias aus der Bibliothek und eine kurze Definition aller Parteien, das musste reichen.

* *Im Deutschen Turn- und Sportbund waren 3,7 Mio DDR-Bürger (20 % der Bevölkerung) vereint.*

Halbe Sachen und ganze Freundinnen

Heike und ich kannten uns zu dieser Zeit schon seit fünf Jahren. Die Gespräche mit ihr waren von Jahr zu Jahr spannender geworden. Wieder einmal streunten Heike und ich durch die Stadt und quatschten. Blaue Lichter flimmerten links und rechts in den Wohnzimmerfenstern, die blattlosen Bäume sahen noch grauer aus als sonst. Irgendwann legte Heike mir dann einen Arm auf die Schultern. „Weißt du", sagte sie, „wir beide leben in einer Parallel-Welt. Wie die Genossen. Die spielen sich den Kommunismus vor, und wir spielen denen die angepassten Schülerinnen vor. Wir gehen mit auf Partys und machen wie die anderen auf normales Leben, aber wir gehören nicht dazu. Wir sind einfach anders, weil wir uns Samstag für Samstag was über Gott anhören." Draußen war es immer noch kalt, obwohl der Frühling langsam seine Fühler ausstreckte. Die Potsdamer Straße war menschenleer. Irgendwo in der Ferne das Geräusch eines anfahrenden Autos.

Ich dachte an die vielen Diskussionen, die ich mit Schulkollegen geführt hatte, um mich zu erklären und mein Weltbild nicht zuletzt für mich selbst zu ergründen. Nun gingen mir mit einem Mal die Augen auf. Ich sah eine erschreckend einfache Welt mit beklemmenden

Konsequenzen. Wir spielten auf dem Feld der Partei, soweit es nur ging, ohne dass wir uns selbst verloren. Aber wir spielten nach ihren Regeln. Wenn der Schuldirektor oder ein Lehrer uns eins auswischen wollte, dann konnte er das tun, weil er im Gegensatz zu uns die Macht hatte und weil wir nicht wirklich angepasst waren. Was immer die Genossen taten, war ihre Entscheidung, nicht unsere.

Angesichts dieser Macht über uns, die unabhängig von ihren persönlichen Motiven und Einstellungen existierte, war es nur bedingt sinnvoll, zwischen guten und schlechten Genossen zu unterscheiden. Das Proletariat hatte die Macht übernommen und spielte diese Macht auch aus. Wir konnten nicht einmal sicher sein, ob sie uns mit einem inneren Augenverdrehen einfach in Ruhe ließen und der Meinung waren, ein paar Freaks und Christen musste es im Land ja geben. Oder ob wir auf eine Falle zuliefen. Musste ich mich in eine immer enger werdende Spirale der Wut zurückziehen? Ich war einfach anders. Und letztendlich ohnmächtig auf ihr Wohlwollen angewiesen. Die größte Ironie war das eigene Kopfabenteuer: Lehnte ich mich gegen diese Niederlage auf und wehrte mich gegen dieses Gefängnis, auch nur in meinen Gedanken, dann wären sie mit Bezeichnungen wie *altmodisch, militant, abergläubisch* oder *Christ* aufgefahren. Große Worte, die immer ausgrenzten. Willkommen im Club der Frustrierten.

Einmal waren meine Freundin Anja und ich unterwegs zum FDJ-Leiter, weil wir einen Liederabend veranstalten wollten. Eine Mischung aus Vorsingen und Mitsingen sollte es werden. Natürlich wussten wir, dass wir eine solche Veranstaltung anmelden mussten, daher unser nachmittäglicher Ausflug ins Land des Unverständlichen: Mission FDJ-Leiter. Wir klopften an, wurden von einer asthmatischen Stimme hereingebeten, grüßten standesgemäß mit „Freundschaft!" und stellten uns und unser Anliegen vor. Schweißtreibende Stille. Also wiederholten wir langsam, was uns hergeführt hatte. Der FDJ-Leiter aber saß noch immer mit offenem Mund da. Irgendwie war der womöglich hängen geblieben nach seiner Wiederwahl im letzten Jahr. Ob er Hilfe brauchte?

„Was denn", brachte er endlich heiser heraus, „ihr wollt wirklich einen eigenen Kultur-Abend in der Schule organisieren?" Er lebte noch. Wir nickten. „Deshalb möchten wir mit Ihnen über das Programm reden", erklärte Anja, die Mutige. Schnaufpause. Dann er: „Extra-Veranstaltungen müssen bei der Direktorin angefragt werden. Aber zeigt mal her, ich kann ja ein gutes Wort für euch einlegen." Er fragte uns auch, ob wir regelmäßig am Arbeitskreis „Grundlagen des Marxismus-Leninismus" teilnahmen. Ich war zwar nicht in der FDJ, ging aber mit zu diesen Nachmittagen, um nicht noch mehr Aufsehen zu erregen. Was ich bei dieser Gelegenheit für mich behielt.

Wir wollten unseren Gesangsabend „Volk und Lied" nennen und mit allen, die kommen würden, musizieren. Mehr Sinn hatte die Veranstaltung nicht. *„Der Mond ist aufgegangen"* hat er uns gestrichen. Die Zeile mit den *„halben Sachen, die wir getrost belachen"* hatte ihn verwirrt und ihm das Lied als Ganzes ungeheuerlich gemacht. Stattdessen sollten wir so etwas wie eine Predigt einschieben. Er selbst habe in letzter Zeit viel über Wilhelm Pieck nachgedacht und könnte mit einer zwanzigminütigen Rede diesen Teil der Veranstaltung übernehmen. Besonders würde er darin die Errungenschaften Wilhelm Piecks für die Entwicklung der DDR in den 1950er-Jahren hervorheben. Ich langweilte mich jetzt schon. Am Ende hieß unser Liederabend: „Volk und Lied mit Wilhelm Pieck". Völliger Schwachsinn, aber angemeldet war angemeldet. Mission FDJ-Leiter erfüllt. Anja und ich schlossen rasch die Tür hinter uns und damit auch die Idee. Den Pieckschen Kulturabend haben wir sanft entsorgt. Zeitprobleme.

Wir Jugendlichen redeten 1989 auch sehr viel über Polen und seine freie Gewerkschaft *Solidarnosc*. Dort bewegte sich was. Ich hingegen musste mich schon wieder auf einen Diskussionsbeitrag vorbereiten. Dabei hatte ich gedacht, die Gesellschaft würde einen in Ruhe lassen, solange man höflich war, lächelte und keine abrupten Bewegungen machte. Aber nun sollte ich auf dem Schulhof Honeckerwitze erzählt haben. Na klar hatte ich das. „Wer schleicht so spät durch Kraut und Rüben, es ist der Erich: Er will nach drüben?" Hatten diese dummen Lehrer nichts anderes zu tun, als ihre Ohren in jeden Winkel zu stecken? Inzwischen hatte ich schon eine ganze Sammlung aller möglichen Diskussionsbeiträge. Ich musste sie also nur immer wieder neu kombinieren. Aus gegebenem Anlass sollte ich meine Mitschüler über das Leben und Werk Erich Honeckers informieren. Was für eine beknackte Aufgabe. Das konnten doch alle nachlesen.

Oberflächlich betrachtet lebten wir in einer ruhigen Zeit, geprägt von dem, was auch die DDR von ihren Kindern erwartete: Eintragungen ins Klassenbuch, Vorladungen beim Schuldirektor, Aushilfsjobs in den Ferien, Fahrschule, Akne und emotionale Turbulenzen. Hatte etwas von Hamsterrad. Und doch war alles irgendwie komplizierter und strenger geworden in den letzten Jahren. Jetzt mussten wir schon wegen Honeckerwitzen antreten. Sollte ich Gorbatschow einen Brief schreiben? Ihm mal sagen, welche Reformen ich wollte?

Im Fernsehen sah ich dann, wie am *Platz des Himmlischen Friedens* (!) ein Panzer auf einen chinesischen Studenten zurollte. Das Bild ließ mich nicht mehr los. Gleichzeitig wurde im Osten verlautbart, dass die chinesische Führung nicht auf die Demonstranten schießen ließ. Aus dem Westen dagegen vernahmen wir, dass Hunderte, wenn nicht Tausende ihren Mut mit dem Leben bezahlt hatten. Unsere Volkskammer freilich bewertete die Niederschlagung der Proteste als *„Wiederherstellung von Ordnung und Sicherheit"*. Sozialistische Grüße. Ätzend. Widerlich. Letztklassig.

Dann hörte man Gerüchte, dass die Ungarn ein Loch im Stacheldrahtzaun hätten und ihnen die Munition für die Selbstschussanlage an der Grenze zu Österreich ausgegangen wäre. Ich freute mich natürlich. Aber war außer mir niemand erschüttert, dass vorher geschossen worden war? Im DDR-Fernsehen hörten wir nur, dass die Ungarn sich von Bonn hatten kaufen lassen und deswegen jetzt die Grenzen abbauten. Grenzenlose Kohle. Kohl. Helmut. Toll. Auch bei uns in Luckenwalde fehlten schon einige. Wobei wir noch nicht wussten, ob sie abgehauen oder einfach noch nicht aus dem Urlaub zurück waren. Aber vier Wochen Urlaub am Stück? Witze tauchten auf: „Der Letzte macht in der DDR das Licht aus." – „Was ist der Unterschied zwischen 40 Jahren DDR und 40 Jahren Bundesrepublik? 40 Jahre." – „Erich Honecker hat seinen Bäcker verhaften lassen, weil er ihm Reformbrot unterschieben wollte."

Aber sollte man die Republik wirklich verlassen, nur weil es auf einmal möglich war? Meine Eltern würden nicht gehen. Ich auch nicht. Eine der großen Herausforderungen in diesem Frühsommer war für mich die bevorstehende Mathe-Schularbeit. Und wohin sollte man überhaupt gehen? Mein Bruder Axel hatte sich entschlossen, mit seiner Freundin Annette im Sommer nach Ungarn zu fahren. Ungarn war schon immer das Land mit dem besonderen Bezug zum Westen gewesen. Melonen gab es dort, und auch der ungarische Käse schmeckte viel besser als unsere Pappe. Sogar Wessis konnte man in Ungarn treffen. Na ja, Österreicher eigentlich. Aber die waren auch so was wie Wessis. Ich fragte meinen Bruder Axel, ob er nach Ungarn fahren wollte, um in den Westen abzuhauen. Er gab mir keine Antwort.

Thorsten dagegen war einer meiner Freunde, die offiziell nach Ungarn fuhren. Mit Pass und anständiger Verabschiedung. Natürlich hat er nicht gesagt, dass er vorhatte, abzuhauen. Seit unserer Lagerfeuer-Szene wussten wir ja nicht, wer in unserer Runde das Stasi-Schwein war. Wenn wir ihn nun wegen Ungarn fragten, würde er es am nächsten Tag womöglich nicht zum Zug schaffen. „Uns sind da Unregelmäßigkeiten bei der Ungarn-Visa-Ausstellung aufgefallen. Bitte, kommen Sie mit…" Diese Herrn in den schwarzen Mänteln wollten wir nicht in seine Richtung schicken. Aber Thorsten hat sich von uns so rührend verabschiedet, dass wir ziemlich sicher waren, einem Republiks-Flüchtling auf Wiedersehen zu sagen. Was unter eigener Strafe stand. Jedenfalls wieder einer, der womöglich für immer ging. Würde ich bald die Letzte sein, die hier in dieser brandenburgischen Pampa lebte? Umgeben von nichts als Moor, Truppenübungsplätzen und Naturschutzgebiet? Würde ich das Licht ausmachen müssen? Selbst die Russen zogen langsam ab, seit Gorbatschow an der Macht war. Jedenfalls wurde nicht mehr nachbesetzt. Und Thorsten kehrte auch nicht mehr zurück.

Durchs welke Land nach Prag

Dann kam der Sommer 1989. Freunde, die schon arbeiteten und nicht mehr an die Ferien gebunden waren, fuhren bereits in den Urlaub. Heike und ich wollten auch nicht in Luckenwalde bleiben. Das Tandem hatte in den letzten Ferien zwar einige Federn gelassen, und wir würden es generalüberholen müssen. Trotzdem hatten wir uns entschieden, gemeinsam nach Prag zu fahren. In unseren letzten Schulferien wollten wir ein besonderes Abenteuer erleben. Mit Haien in der Elbe schwimmen, Stasi-Mitarbeitern Honeckerwitze erzählen oder eben mit dem Fahrrad nach Prag fahren. Letzteres war nicht nur am kostengünstigsten, sondern blieb voraussichtlich trotz der Spannung ohne Langzeitfolgen.

Die Strecke kannte ich von einer früheren Reise. Das Fahrrad, Heike und ich mussten also nur noch die ungefähr 600 Kilometer überleben. Die Bedingungen unserer Eltern waren klar: Wir durften als fünfzehn- beziehungsweise sechszehnjährige Mädels nur nach Prag fahren, wenn wir eine männliche Begleitung fanden. Einen Beschützer, einen Helden an der Seite der schwachen Frauen. Einen, der für uns in der Nacht mit dem Bären kämpfte, während wir selig unseren Schönheitsschlaf genießen würden. Jedenfalls fanden wir ihn. Er hieß

Matthias Finger. Und er war einer von den Beschützern, um die man sich berechtigt Sorgen macht. In Dresden würden wir ihn treffen.

Zuerst aber musste das Tandem wieder fahrtüchtig zusammengeschraubt sein, sonst fuhr niemand nach nirgendwo. Vati und Axel halfen mir. Axel war in letzter Zeit wieder öfters zu Hause. Er bereitete sich auf seinen Trekking-Urlaub in den ungarischen Bergen vor. Hatte Ungarn Berge? Der Gedanke ging im Schrauben und Schweißen unter. Aber warum tauchten immer wieder solche Fragen auf? Ich musste den Gepäckträger noch reparieren, der im letzten Urlaub gebrochen war. „Wegen des Frauen-Gepäcks", ätzte Axel. Blödmann. Wir schweißten also, er das Gestell seines Trekking-Rucksacks und ich den Gepäckträger. Ich schaute Axel von der Seite an. Was hatte er vor? Würde Axel gehen? Im November würde er dreißig Jahre alt sein. Konnten wir diesen Geburtstag noch gemeinsam feiern?

Mitte Juli war alles fertig. Axel hatte sich seinen Rucksack gebaut und ich meinem metallic-lila-roten Tandem einen bombastischen Gepäckträger aufgesetzt. Heike und ich wollten Matthias vier Tage später in Dresden treffen. Die Mark Brandenburg, von der aus wir aufbrachen, ist freilich noch nie ein Reiseland gewesen. Niemand hätte diesen Landstrich jemals mit Österreich oder der Schweiz verwechselt. Der einzige Gasthof in Luckenwalde hatte gerade mal dreieinhalb Gästezimmer. Und das seit 1917. Ausgebucht war der Gasthof trotzdem nie. Auch vor dem Maschendrahtzaun war das schon so gewesen. Denn niemand wäre niemals auf die Idee gekommen, in der Umgebung von Luckenwalde Urlaub zu machen. So konnten die Bäume hier, von Fremden unbestaunt, in den Himmel wachsen.

Nur wir Luckenwälder lieben diese Gegend: weißer Sand, glitzernde Wasser, rote Kiefernstämme – die Streusandbüchse des ehemaligen Römischen Reiches. Hier durften die Slawen neben den Germanen unaufgeregt weiterleben und rausholen, was da war: Rüben, Roggen und Kartoffeln, ein bisschen Magdeburger Börde und etwas Gleiwitzer Hütte*, das war alles. Und die Gegend ist doch so schön und sanft fürs Auge. Diese brandenburgischen Ebenen haben mich geprägt, nicht nur unser Staatssystem. Überall hat man Fernsicht, keine Berge verstellen den Horizont, alles ist einfach malerisch, gerade durch die Abwesenheit des Besonderen. Kein Zwiebelturm, der heiter aus der Ferne winkt, nur karge Feldsteinmauern. Eine unspektakuläre Gegend. Selbst die Natur hat hier Maß. Die Steigungen sind nicht bedrohlich, die Wasser nicht stürzend, das Dickicht nicht unergründlich.

Heike und ich machten uns auf den Weg in den Süden. Aber durch welches Land fuhren wir eigentlich? Vom Flickenteppich der Felder, den mein Vater so bunt beschreiben kann, habe ich natürlich kein Bild mehr in mir. Lange vor meiner Geburt gab's das, was früher *Bodenreform* hieß und heute *Enteignung* genannt wird. Dereinst, so mein Vater, waren die Feldgrenzen mit Weidegestrüpp und Haselnusshecken markiert. Dann aber kamen die riesigen russischen Trecker und mit

* *Zwei Landstriche. Können einem auch egal sein.*

ihnen diese unendlichen Feldlandschaften. Ein weites Land der endlosen Pflugfurchen entstand. Agrarwirtschaft statt Bauernland, Produktionskombinate statt Felderwirtschaft. Kollektives Eigentum. Wie sah ein nicht-sozialistisches Land eigentlich aus?

Was nicht nur sozialistisch aussah, war die nächste Gaststätte, die Heike und ich erreichten. Zwar hatten wir noch einige Konserven in den Satteltaschen. Aber sollten wir unsere Vorräte schon während der ersten drei Tage vernichten? Und würde uns das Essen der Tschechen überhaupt schmecken? Wir kamen also zu der HO-Gaststätte* und freuten uns auf eine tolle Mahlzeit. Leistbar und schnell, so hieß das DDR-Gastro-Konzept. Tatsächlich war's nichts für Leute auf der Flucht und schon gar nicht mit Hunger. „Bitte warten Sie! Sie werden platziert!" Dabei war der Speisesaal nur mit Plaste-Blumen, dem Rauch von gestern und zwei Übriggebliebenen aus dem Dorf randvoll gefüllt. Trotzdem: „Bitte warten!" Wir blieben dann doch bei unserem Dosengulasch vom Campingkocher. Unvergleichlich. Und am folgenden Tag füllten wir unsere Haubenküche im nächsten Konsum wieder auf. Vielfältig und ausgewogen: Dosengulasch und Nudeln in Tomatensauce, so ging es dahin. Fünf Tage bis Dresden. Wir mussten uns gar nicht anstrengen, denn wir hatten ausreichend Zeit eingeplant.

Außerdem hatten wir uns entschieden, immer gleich in aller Früh Meter zu machen. Eine schöne Zeit, morgens, wenn das Hinterland erst nach und nach vom Nebel freigegeben wird. Nur Ruhe und Weite. Verkehr gab es auf

* *Die Handelsorganisation (HO) war ein in der juristischen Form des Volkseigentums geführtes staatliches Unternehmen. „Hervorragend" punkto Service und Geschmack.*

unserer Route auch kaum. Die kleinen Ortschaften, mit ihren noch kleineren Kopfsteinpflasterstraßen, hie und da waren die allzu tiefen Schlaglöcher mit Teer oder Bauschutt ausgebessert. Alleen und dichte Wälder reichten sich die Hand. Das Melancholische kam nicht nur von den Kiefern, die bis zum Rand der Seen standen und eine schwarze Umrandung bildeten. Die Wälder schienen dicht und undurchdringlich. Das alles hatte etwas Märchenhaftes.

Politisch dagegen kochte es in unserem Land. Auch Heike und ich spürten das. Die Allmacht der Partei bröckelte. Aber wohin würde das führen? Schattig war es geworden, und zwar nicht nur in dem Waldstück, durch das wir gerade radelten. Heikes gesunde Art die Welt auszuleuchten, tat mir gut, wenn ich von einem Gedanken zum anderen in die Pedale trat: „Es wird schon keine *Pekinger Lösung* geben." Die *Pekinger Lösung*. Wie würde das bei uns aussehen? Eine Mischung aus 17. Juni 1953 und *Platz des himmlischen Friedens*? Ich wollte mir das nicht vorstellen, wie ein Panzer auf mich zurollt. Nein, das war kein chinesischer Spielfilm für den Westen gewesen. Dieses Bild wollte nicht verschwinden.

Wurde Zeit, dass wir aus diesem Wald rauskamen. Kein Wunder, dass die Russen so lange gebraucht hatten, bis sie den Ausgang fanden. Wir bleiben ja auf den eingezeichneten Wegen, aber die mussten querfeldein wieder rausfinden. Ich verhedderte mich wieder einmal in meinen Gedanken. Bis wir beschlossen, auf der nächsten Lichtung mit Sonnenstrahlen unser Camping-Kocher-

Menü zuzubereiten. Diesmal kam zur Abwechslung mal *Soljanka* dran. *Soljanka* in allen Variationen war der Suppenklassiker der DDR. Ich liebe *Soljanka*. Nur Sauerrahm stand nicht mit auf unserer Radtour-Speiseliste. Einen Kühlschrank hatten wir dann doch nicht aufladen wollen, trotz meines fachmännisch geschweißten Gepäckträgers.

„Los! Weiter! Wir wollen in zwei Tagen in Dresden sein." Wir fuhren mit dem Fahrrad durch unser eigenes Abenteuer, während sich rundherum Geschichte ansammelte. Die Ungarn hatten eine neue Regierung, die DDR-Bevölkerung dünnte sich aus und die Partei übte sich in Sachen heiler Welt. Diese Unbeweglichkeit der DDR-Führung provozierte. Hatte sich einer von denen je Gedanken gemacht, wo es hingehen könnte? Die Mauer war für die Ewigkeit gebaut. Und Gorbatschow wollte auf einmal, dass jedes Land seine Probleme selber löste. Es gab keine Breschnew-Doktrin* mehr. Der Bruderkuss von Gorbi nahm Honi die Luft zum Atmen. Er wurde an der Gallenblase operiert und war über Wochen weg vom Fenster. Ein alter Mann, ein kranker Mann. Was wollte der noch? Wir konnten nicht einmal die Fragen formulieren, die im Moment von Bedeutung waren. Geschweige denn die Antworten. Wie würde es überhaupt weitergehen, wenn die SED nicht mehr jeden Furz in ihrem Fünfjahresplan vorausbestimmte?

Heike und ich fuhren mit dem Fahrrad durch den Sommer, und auf einmal gehörten politische Fragen zu unserem Alltag. Mit einem Mal waren es keine Fragen

* *Leonid Breschnew, Ex-Obercapo der UdSSR, wollte kein Kind der sozialistischen Gemeinschaft verlieren. Im Notfall rollten die Panzer los. Somit legte die UdSSR die Grenzen der Souveränität der kommunistischen Länder fest.*

der da oben mehr, sondern unsere. Wer von unseren Lehrern zum Beispiel würde im September abgehauen sein? Wer von unseren Kollegen? Ich hatte noch überhaupt keine Ahnung vom Leben, und schon ging's ums Vorausahnen der Zukunft. Heike und ich glaubten natürlich schon, dass wir die Welt verstanden. Doch das alles war zu groß für uns. Politik war kein Kindertheater, und Kasperl, der für die lustigen Einlagen auf den Brettern sorgte, gab's auch keinen.

Bei unserer Ankunft in Prag in wenigen Tagen würden sicher schon hunderte DDR-Bürger in der westdeutschen Botschaft sitzen. Heute frage ich mich, warum ich nicht selbst einmal ernsthaft darüber nachgedacht habe, in den Westen zu gehen. Gut, ich war jung. Ich war verwurzelt in Luckenwalde. Ich war hier zu Hause. Ich hatte ja nichts anderes erlebt als die DDR. Ich kannte nichts anderes. Was wusste ich schon, wie ein anderes Leben aussehen könnte. Wenn die Welt sich weiterdrehte, war ich im Sommer mit meiner Pflichtschulzeit fertig. Dann würde ich Schneiderin lernen und am Abend die Abendschule besuchen, weil ich ja nicht auf die EOS durfte. Auch mein Bruder Axel hatte die Abendschule geschafft, also würde mir das auch gelingen. Und dann konnte ich vielleicht doch noch irgendwo Design studieren.

Aber wusste ich, ob sich unsere Welt überhaupt weiterdrehte? Heike und ich fuhren durch ein verlorenes, leises Land. Würde sich womöglich doch etwas verändern? Eine DDR ohne Stasi vielleicht? Und Bildung für alle, so wie es sich Marx mal ausgedacht hatte? Ich entschloss mich, abzuwarten. Und außerdem wollte ich sowieso nicht weg. Aber die anderen? Wer würde bleiben? Was würde seinen Wert behalten? Wir radelten in einer Gegenwart herum, in der sich gerade die Fünfjahrespläne auflösten und in der die Gewissheiten zerfielen. Konnte die Zukunft Pleite gehen? „Ach was", sagt Heike. „Es wird Rosen regnen." Heike und ich hatten schon fast zwei Jahre alle Ferienzeiten miteinander verbracht. Wir konnten uns aneinander halten.

Schließlich waren wir einen Tag zu früh in Dresden. Matthias würde erst am nächsten Morgen mit dem Zug ankommen. Also hieß es, erschöpft sein und warten. Ich saß auf meiner ISO-Matte vor dem Tandem mitten in der Wartehalle des Dresdener Bahnhofs. Viele Rucksack-Touristen waren unterwegs. Hier auf dem Bahnhof benahmen sich alle ganz normal. Wie in einer Theaterszene. Wer hatte dafür nur das Drehbuch geschrieben? Wollten die alle nach Prag? Und von dort in den Westen?

Die Nacht verbrachten wir im Halbschlaf, immer ein Auge auf unsere Sachen. Wenigstens war Sommer. Bei klirrender Kälte wäre auch sicher keiner in einem Botschaftsgarten gelegen. 4.000 Leute sollten nun schon auf der anderen Seite des Zaunes wohnen. Mehr als ein Massenlager. Der Garten Eden bekam eine neue Bedeutung. Wir begannen zu spotten: Falls uns bis Prag die Knete ausgehen sollte, würden wir in der Botschaft essen. Die verpflegten im Moment ohnehin jeden. In den frühen Morgenstunden schliefen wir doch beide ein.

Beim Aufwachen stellten wir fest, dass wir gerade noch Zeit hatten, alles zusammenzupacken. Dann war Matthias da. Ein sehr unterhaltsamer Typ. Aber was war nur mit seinem Fahrrad? Das war ja jetzt schon kaputt. Mit der Krücke wollte er bis nach Prag kommen? Das konnte nicht sein Ernst sein, da war mindestens ein Zug draufgefallen. Wenn wir hier noch länger staunend rumstanden, würden wir Spenden bekommen. So arm, und hatte doch schon zwei Räder! Ich beschloss, mit dem Wundern aufzuhören, und schlug vor, loszufahren. Wenn wir fünfzig Kilometer am Tag zurücklegten, würden wir in sechs Tagen in Prag sein. Matthias war unsere Gouvernante und ich die Wächterin seines Fahrrads. Unser Beschützer fuhr vor und ich sammelte die abfallenden Teile auf.

Weil wir uns die Knete für die Campingplätze sparen wollten, schrieb ich im Vorfeld Kirchen an, damit wir in den Kirchengärten zelten konnten. Urlaub machen kann ja jeder, aber Campen ist Charaktersache. Die erste tschechische Nacht verbrachten wir in Usti nad Labem. Dort hatten wir den kürzesten Anfahrtsweg zum Gottesdienst. Das Stückchen Grün, das zu dieser Pfarre gehörte, befand sich nämlich direkt vor dem Eingangstor der Kirche. Die rausgeputzten Gottesdienstbesucher gingen also mehr oder weniger durch unser Zelt, während wir mit Jogger und Zahnbürsten an ihnen vorbei aufs halböffentliche Klo marschierten. Aber niemand sprach uns komisch an. Wir hätten sowieso nur kampflächeln können. Denn wer versteht schon Tschechisch? Trotzdem gesellten wir uns zum tschechischen Gottesdienst. Wir wurden rührend empfangen. Wie Ehrengäste aus der

DDR. Zum Mittagessen waren wir bei einer Familie eingeladen, deren Kinder in der Schule Deutsch lernten. Gemeinsam brachten wir es sogar auf ein paar Sätze. Und: Druschba war im Ostblock international.

Für die nächsten zwei Tourstopps war leider keine sichere Unterkunft geplant. Erst eine Prager Kirche hatte ich wieder verständigt und um Unterkunft gebeten. Die nächsten zwei Nächte wollten wir uns irgendwo in die Büsche schlagen und morgens weiterfahren. Am Land sollte das gehen. Nach unserer mittäglichen Einladung packten wir also zusammen und brachen auf. Matthias mit seinem Antiquariatsgefährt und wir mit dem Tandem. Ich hatte zwar Heike und Matthias über alle Abschnitte der Reise informiert, aber wirklich Bescheid wussten sie nicht. Was ja auch unnötig war. Heike und ich mussten uns vertragen und Matthias konnte uns nicht wegfahren. Ich hatte seinen Pass in unseren Koffer eingeschlossen. Sicher ist sicher.

Aber es kam, wie es kommen musste: Matthias' Fahrrad machte nach schlappen hundert Kilometern eine Grätsche. An Altersschwäche gestorben. Nichts ging mehr. Wir beschlossen, ein paar Kilometer in die nächste Ortschaft zu fahren, uns in ein Bushäuschen neben einem tschechischen Konsum zu setzen und dort zu warten, bis Matthias hinter einem Handwerker hergetrottet käme. Selten dämliche Entscheidung. Wir sahen uns nämlich dort nicht wieder. Nicht, dass Matthias irgendwas passiert wäre. Aber der freundliche Vorschlag eines Lkw-Fahrers, ihn samt Fahrrad mit nach Prag zu nehmen, ließ ihn seine

Chance ergreifen, während wir zuerst warteten und dann auf und ab radelten, um ihn zu suchen. Keiner konnte uns sagen, wo er geblieben war. Im tschechischen Hinterland fehlten die Deutsch sprechenden Alten, und die junge Generation hatte auch keine Lust, ihre zwangsverordnete Fremdsprache – Russisch – so zu beherrschen, dass wir gemeinsam hätten nach einem Typen suchen können. Außerdem: Welche Suchkriterien hätten wir auch angeben können? Großer, blonder Jüngling, unterwegs mit einem Trumm, das entfernt an ein Fahrrad erinnerte?

Matthias war weg, wie vom Erdboden verschluckt. Wir hatten unsere Gouvernante angebaut. Toll. Meine Mutter würde uns köpfen. Bis Prag waren es noch zirka vier Radstunden. Wir waren körperlich erschöpft und nervlich völlig am Ende. Wie sollten wir diesen Typ nur wiederfinden? Wo und wie suchte man jemanden in Prag? Und wo würde er übernachten? Es gab damals schon eine ganze Menge an adventistischen Gemeinden in Prag. Wir würden eine Woche brauchen, bis wir alle abgeklappert hätten. Aber vielleicht meldete er sich ja bei der Botschaft, in der Hoffnung, dass wir auf die gleiche Idee kommen würden. Nur bei welcher Botschaft. DDR oder Westdeutschland? Am Ende mussten wir noch ausreisen. Dabei wollte ich doch gar nicht weg. Wir brauchten nur diesen Typ zurück, mit dem wir losgefahren waren, um zu dritt auch wieder zurückzukommen.

Prag ist ziemlich hügelig, was die Suche nach der Hauptgemeinde, unserem Schlafplatz, nicht gerade erleichterte. Die grob verlegten Betonplatten auf den Straßen am Stadtrand eines jeden Ostblocklandes flößten mir in diesen Minuten auch kein Vertrauen ein. Wir hatten uns in Usti nad Labem eine ungefähre Wegbeschreibung auf einen Zettel malen lassen: erst in Richtung Westen der Stadt bis zum Wegweiser nach Karlsbad, dann geradeaus bis zur *Liebknechtowa*, dort nach rechts und dann nach einem weißen, großen Haus Ausschau halten. Im Jahr davor war ich zu einer Jugendbibelwoche hier gewesen. Diesmal reichte meine Kraft gerade noch, mich auf die Stufen der Kirche niederzusetzen. Und zu weinen. Wir waren zwar froh, angekommen zu sein, aber völlig erschöpft. Wenigstens hatten wir einen sicheren Ort erreicht, wenn schon unsere Gouvernante an die böse Welt verloren war. Ich entschied mich nach dem Weinen, einige Gläser Wasser zu trinken und dann schlafen zu gehen. Morgen war auch noch ein Tag. Nur zur westdeutschen Botschaft würde ich nicht gehen. Nicht einmal in die Nähe wollte ich. Womöglich mussten ja auch DDR-Bürger ausreisen, die auf der anderen Straßenseite das Botschaftsgelände nur passieren wollten.

Zum Glück hatte Matthias sich gemerkt, dass wir wieder bei den Adventisten untergebracht sein würden, und irgendwas mit *Liebknechtowa* war ihm auch in Erinnerung geblieben. Als er mit seinem Lkw-Taxi in Prag ankam, fragte er einfach im nächsten Touristenbüro, wie er die Adventisten in der *Liebknechtowa* finden könnte, und die sagten ihm, wie er hinkommen würde. Der Schuft hatte schon um zehn Uhr morgens unser gemeinsames Ziel erreicht! Er spazierte ausgeruht um die Ecke und begrüßte uns wie ein Gastgeber. Ende gut, alles gut.

Prag wurde so doch noch lustig. Wir hatten nach unserem Abenteuer noch ein paar Tage Stadturlaub. Mit Matthias, den ich am liebsten mit einer Hundeleine angebunden hätte. Aber Amnesty International hätte sicher interveniert. Unser Plan in Prag war klar: Erst wollten wir die Fahrkarten für die Rückreise kaufen, bevor wir mit Knete-Ausgeben begannen. Dann ein wenig einkaufen und schlendern, vielleicht ein, zwei Museen, einmal gut essen gehen und dann ab nach Hause, via Metallross und Schienen. So war unser Urlaub für die nächsten Tage eingeteilt.

Der Prager Bahnhof erinnerte von außen an die Zeit des bürgerlichen Aufschwungs im vorvorletzten Jahrhundert. Unter der Erde aber erstreckte sich eine neue Stadt. Ziemlich modern und sauber empfand ich das damals. Unsere Fahrkarten nach Berlin gab es im modernen Teil. Hier lernten wir auch Renate kennen, eine junge Frau, ein bisschen älter als wir, vielleicht Anfang zwanzig, aus Potsdam. Sie hatte in diesem Sommer ihre Ausbildung als Sekretärin abgeschlossen und wollte über die westdeutsche Botschaft in den Westen. So konnte es auch gehen. Ich fürchtete mich, an der Botschaft auch nur anzustreifen, weil ich Angst hatte, dann nicht mehr nach Hause zu können, und Renate fuhr gezielt hin.

Ganz konnte ich meine Faszination und Abenteuerlust nicht verbergen. Am Ende lud ich sie ein, ihre Zeit in Prag mit uns zu verbringen. Sie könne bei uns schlafen, wir hätten im Moment eine ganze Kirche für uns.

So verbrachten wir die nächsten Tage mit Renate. Auch sie wollte sich noch Prag anschauen. Vielleicht würde sie ja, nachdem sie abgehauen war, nie mehr in den Osten kommen dürfen. Dieser Gedanke erschreckte mich. Bisher waren die Angehörigen von Republiks-Flüchtlingen hart in die Mangel genommen worden. Für sie war's aus gewesen mit dem ruhigen Leben in der DDR. Ob sich das durch die Menge der Flüchtlinge ändern würde? Renates Eltern jedenfalls waren einverstanden damit, dass sie auf der anderen Seite der Mauer ihr Glück versuchen wollte. Und nun gab es Schlupflöcher in der Mauer, die Prag und Budapest hießen.

Wir mochten uns und verbrachten zu viert eine gute Zeit. An einem Nachmittag wollten wir einen Spaziergang im Botschaftsviertel machen, um die Lage zu sondieren, wie es Renate nannte. Damit sie dann am Donnerstag nur noch den Rucksack über den Zaun werfen und rüberklettern brauchte. Donnerstags sollte auch unsere Abreise sein. Ein gemeinsames Auf-Wiedersehen-Sagen. Renate kletterte über den Zaun in die westdeutsche Botschaft und wir fuhren zurück in die DDR. Immer wieder sagt man in seinem Leben Auf-Wiedersehen, aber dieses eine Mal hatte eine besondere Tragweite.

Unser Zug brauchte acht Stunden bis Berlin, dann mussten wir noch eine Stunde mit einem langsamen Zug ins Hinterland nach Luckenwalde fahren. Matthias und sein Museumsfahrrad hatten wir schon in Dresden verabschiedet. Daheim waren wir nun die Berichterstatter der Nation von der Außenstelle Prag. Am Abend waren wir es, die beim Essen von einer aufregenden Reise erzählten. Über Renate haben meine Eltern nichts nachgefragt. Sie wirkten nachdenklich. Hatten sie etwa geglaubt, dass Heike und ich auch über den Zaun springen wollten? In ein anderes Leben?

Renate: Wenn du das liest, dann melde dich bei mir. Ich will wissen, wie es dir ergangen ist. Wo du steckst? Zwanzig Jahre später.

Drunter und drüben

Mit dem neuen Schuljahr war ich in der POS* Wilhelm-Pieck in der zehnten Klasse und damit auch im letzten Jahr meiner Pflichtschulzeit angekommen. Blieb mir also, mein letztes Schuljahr auszukosten. Ende des Jahres werde ich siebzehn sein, ein famoses Alter. Ich hielt mich selbst schon für wahnsinnig erwachsen.

In meinem Umkreis konnte ich die Leute, die weg waren, trotz allem noch an einer Hand abzählen: Thorsten, die große Schwester einer Klassenkameradin, zwei Arbeitskollegen meines Vaters und ein Lehrer aus der Musikschule, der einfach nicht mehr aufgetaucht war. Aber wo hätte er sich auch abmelden sollen? *Tschüss, ich fahre jetzt nach Ungarn und komme nicht zurück. Falls ihr*

* *Polytechnische Oberschule. Allgemeine und einheitliche Pflichtschulform der DDR.*

die Stelle also noch vor dem Sommer ausschreiben wollt… Noch war es ja verboten, das Land zu verlassen. Das Knistern in der Luft konnten die Kameras nicht einfangen. Ich war sehr froh, dass Heike und ich im Sommer in Prag gewesen waren. Mittendrin in der Weltgeschichte. Aber in Luckenwalde begann nun wieder ein normales Schuljahr: neuer Stundenplan, neue Lehrer kennen lernen, abwarten. Als ob sich nichts verändert hätte.

Seit einigen Jahren schon war ich für den Milchdienst zuständig. Ich sammelte das Milchgeld ein und musste mit Andi die Kiste Milch in der ersten großen Pause aus dem Schullager abholen. Normale Milch, Kakaomilch oder Vanillemilch, die teurer war und gleich fünfzehn Pfennig kostete. Und dann gab's noch die Fluortablette, die niemand wollte, aber jeder runterwürgte. Aus Angst vor dem Zahnarzt. Als Milchgeldbeauftragte hatte ich nach wie vor meinen festen Platz in dem politischen Durcheinander.

Aus meiner Klasse war niemand abgehauen, was mich freute. Wir waren vollzählig. Nur die Gesprächsthemen waren andere, denn die Welt veränderte sich. So hatten die Ungarn gerade die Grenzen für alle aufgemacht. Wie gern hätten wir mit jemandem darüber geredet. Aber mit wem? Kannte sich ja keiner aus. Unsere politische Führung in Person des Klassenlehrers redete sich heraus. Herr Vogt, dem ich als Dreizehnjährige mein Nein zur FDJ sagte, hatte uns vor zwei Jahren als Klassenlehrer abgegeben. Sein Nachfolger, ein verbissener SED-Soldat, fand so gar keinen Text für diesen politischen Zustand.

Waren ja auch schon früher keine sinnvollen Antworten von der Partei zu erwarten gewesen.

Und dann das: Als Parteigenosse und überzeugter Mitläufer sei er bis nach Ungarn gelaufen. Oder gleich in den Westen. Sagten die einen. Die anderen meinten, dass diese superrote Socke einen Nervenzusammenbruch gehabt hätte. Jedenfalls tauchte unser Klassenlehrer nach zwei Wochen Schule nicht mehr auf. Und wir standen im letzten Schuljahr ohne Klassenlehrer da. Das war ja wieder mal typisch. Wir waren alle noch da und die Bonzen verzupften sich. Hatte er mehr gewusst als wir und sich in Sicherheit gebracht? Nach drei Wochen kam ein neuer Mathe- und Physik-Lehrer. Und dann endlich mit Herrn Vogt, der neue alte Klassenlehrer. Eine großartige Type. Wir mochten ihn. Er war einer, der nicht abhauen würde, weil er seine(!) Klasse im letzten Schuljahr nicht allein lassen wollte.

Noch ein Jahr mit Vogt gemeinsam. Und dann? Schneiderei? Oder könnte ich mich trauen, ihn zu fragen, ob nunmehr die Lücken in der EOS vielleicht doch mit *zweifelhaften* Personen wie mich aufgefüllt würden. Aber konnte ich ihn anjammern? Gerade ihn? Ich hatte mich ja selbst gegen die FDJ entschieden.

Dann begannen die Diskussionen über die Abschlussfahrt, eine Art Abitur-Reise, nur mit Kultur. Mit meinen Berichten über Prag konnte ich die Klasse überzeugen, dass wir jetzt nicht an die Ostsee oder nach Weimar, sondern unbedingt noch einmal in den Osten fahren sollten. Wir haben uns dann entschieden, schnell mal die Russen zu besuchen. Und es musste fix gehen. Das ganze System bröselte an seinen Innen- und Außengrenzen. In Anja und mir war das größte organisatorische Talent der Klasse kumuliert. Es lag an uns, die Reise vorzubereiten. Günstig musste es sein, und so bald wie möglich sollte es losgehen. In diesem Jahr noch, und zwar eine *FDJ-Reise*. *FDJ-Reisen* waren ein eigener Geschäftszweig für die internationale Begegnung von Jugendlichen. Zur Verständigung der sozialistischen Arbeiterjugend und so. Also auf zur Reisegesellschaft der *Freien Deutschen Jugend*. Parteienverkehr zwischen 14 und 16 Uhr. Was sollte das nun wieder heißen? War ich eine Partei? Und überhaupt, wo kam jetzt hier auf einmal der Plural her? Revolution?

Ich musste mich im Wundern unterbrechen. Wir waren dran. Also erklärte ich, dass wir uns, völlig unbeeindruckt von der politischen Lage, entschieden hatten, unseren großen Bruder und seine Schwester-Völker zu besuchen. Ob in den nächsten drei Wochen etwas zu finden wäre? Einen solchen Vorbereitungs-Zeitrahmen hatte die Reisegenossin freilich noch nie aufgetischt bekommen. Sie hielt einfach mal die Luft an. Wir warteten. Wer zuerst sprechen würde, hatte verloren. Also warten. Vielleicht in Gedanken die *Internationale* singen. Jedenfalls aber Klappe halten. Es war Mitte September, und wir wollten unbedingt noch in diesem Jahr in den Osten fahren. Wer wusste schon, was kommen würde? Womöglich blieb kein Stein auf dem anderen. Also wenn Osten, dann jetzt.

Vilnius könne sie uns anbieten, hörten wir die Reisegenossin dann in die Stille hinein sagen. Die Perle des Nordens also. Fein, nehmen wir. Wir würden dreiundzwanzig Schüler und drei bis vier Lehrer sein. Und womöglich auch ein paar Eltern, falls die sich auch noch schnell den Osten anschauen wollten. Uups. „Noch?!" pfeift's aus ihr heraus. Anja lenkt gekonnt ab: Was würde das für jeden kosten? 150 Mark für FDJ-ler, Lehrer und Begleitpersonen zahlten das Doppelte. Wir würden also am 3. Dezember 1989 nach Vilnius fahren. Das Geld wollten wir für alle in drei Tagen vorbeibringen.

Da war nur noch eine Kleinigkeit. FDJ-Reisen waren natürlich nur für FDJ-ler gedacht. Ich war nur keine. „Und was zahlen Jugendliche, die nicht in der FDJ sind?" Schweigen. Ich machte das Gleiche wie vorhin, sagte nichts, hielt gegen die Stille durch. Vermutlich brauchte die Genossin nur länger, um neue Fragen zu durchdenken. Sie schaute durch mich hindurch und sagte nach einer Weile gefasst: „Dann zahlen SIE halt den Lehrerpreis." Wer um alles in der Welt hatte ihr geflüstert, dass es sich um mich handelte? Oder stand auf meiner Stirn *FDJ verweigert*? „Danke", rutschte es mir über die Lippen. Dabei grinste ich wie ein Honigkuchenpferd. Ich hatte mich auf stundenlange Überzeugungsarbeit eingestellt, auf endlose Erklärungen, warum es für unsere Klassendynamik so unheimlich wichtig wäre, dass ich auch mitfuhr. Ob ich argumentieren sollte, dass Freiheit bedeute, auch Andersdenkende zuzulassen, hatte ich bis zum Schluss nicht entschieden. Klang schon unausgesprochen nach Ohrfeige. Aber es blieb mir erspart, die

Entscheidung zu treffen, und ich freute mich riesig. Wir würden zu den Russen fahren. Vom 3. bis 12. Dezember 1989.

Den Sozialismus in seinem Lauf hält weder Ochs noch Esel auf

Ende September war Axel auf einmal wieder da. Plötzlich stand er während des Abendessens in der Tür. Ganz unaufgeregt. Heimgekehrt, das gab es auch. Selbst im Sommer 1989 konnte man in Ungarn Urlaub machen, ohne abzuhauen. Es war ja nicht Pflicht, in den Westen zu gehen. Jeder, der zurückkam, wurde mit einem Blumenstrauß..., nein, mit Wink-Elementen..., nein, mit einem Ehrenkranz begrüßt. Ich freute mich, denn ich hatte es ja immer gewusst. Und nun war Axel wieder da. Das Abendessen wurde lang. Wir waren natürlich sehr an seinen Reiseberichten über Ungarn, Rumänien und Polen interessiert. Alle diese Länder hatte er mit seiner Freundin Annette besucht. Wie war es, wenn man in ein Land zurückfuhr, das in den letzten Jahren nur Geröll für einen übrig gehabt hatte, und wenn man plötzlich an der Schwelle der Möglichkeiten stand? Vielleicht sollte man ja auch nur auf einen Sprung hinüber... Wie war die Stimmung in diesen Ländern? Saßen alle schon auf ihren Koffern? Oder packten sie noch?

Axel erzählte und erzählte. Und dann hielt er inne, um etwas Entscheidendes zu sagen. „In Ungarn“, fing er an, und machte eine Pause, „nein, in Rumänien haben Annette und ich uns entschieden, zu heiraten.“ Ein Toast. Prost! Toll! Sie wollten es nämlich nicht wegen der fünftausend Mark machen, die man als Starthilfe bekam, wenn man bis zum dreißigsten Lebensjahr heiratete. Sondern einfach, weil sie zusammen alt werden wollten. Für ostdeutsche Verhältnisse war Axel sowieso schon ein recht reifer Unverheirateter. Eigentlich ein alter Knacker. Meine anderen Geschwister, Matthias und Karin, hatten schon 1984 geheiratet. Nun also endlich auch Axel. Schön.

Aber er musste natürlich doch noch über die offenen Grenzen weitererzählen. Von dem Gefühl berichten, wenn tausende Trabis in Richtung Grenze fahren, um im Grenzstreifen Urlaub zu machen. Die Natur sollte dort ja noch ganz unberührt sein. Wie auch nicht, wenn dort vierzig Jahre lang nichts anderes gewesen war als ein von Strom durchflossener Stacheldrahtzaun. Und dann schnipselten die Ungarn diesen Draht einfach weg. Am 11. September hatten sie erklärt, dass ab sofort jeder DDR-Bürger in das Land seiner Wahl ausreisen dürfe. Innerhalb der folgenden drei Tage flohen 15.000 Menschen über Ungarn in die BRD. Auf Luckenwalde umgerechnet hieß das, dass jeder Zweite abgehauen war. Innerhalb von drei Tagen. Jeder Zweite. Einfach weg. Bei uns dagegen, wohin der verlorene Sohn gerade zurückgekehrt war, gab's noch den Schießbefehl.

Mit Ost- und Westfernsehen befanden wir uns in Luckenwalde im Schnittpunkt der Mengen und Meinungen. Das sah konkret dann so aus: Im ersten Kanal erhielt Honecker gerade ein Musterexemplar eines 32-Bit-Mikroprozessors aus einem Erfurter Werk. Zufrieden sächselte er in die Kamera: „Den Sozialismus in seinem Lauf hält weder Ochs noch Esel auf." Auf ZDF dagegen war zu erfahren: „Das Bundesministerium teilt mit, dass allein im ersten Halbjahr 1989 55.970 DDR-Bürger in die Bundesrepublik gekommen sind." Am 30. September verfolgten wir im Westfernsehen, wie Hans-Dietrich Genscher am Balkon der deutschen Botschaft in Prag von den tausenden DDR-Flüchtlingen bejubelt wurde: „Ihr könnt alle ausreisen." Der Exodus erfolgte in verriegelten Zügen der Deutschen Reichsbahn über das Territorium der DDR. Erich Honecker meldete sich noch einmal zu Wort: „Man sollte ihnen keine Träne nachweinen." Das tröstete wirklich. Danke Honi. Was aber würde geschehen, wenn wirklich alle gingen? Na ja, mehr oder weniger alle eben. Konnte man auch ein Land ohne Leute regieren?

Dann kamen die Montagsdemonstrationen auf. Selbst im verschlafenen Luckenwalde traute man sich auf einmal auf die Straße. Die Tage vergingen immer schneller. Wir DDR-Bürger demonstrierten, Montag für Montag. Geordnet in Sechser-Reihen, wie wir es über Jahre geübt hatten. Nur die Sprüche auf den Transparenten waren neu. Zumindest teilweise. Aber einfach fast jeder versuchte sich in unserem kleinen Land damals an Transparenten. Vormittags bastelten wir die Festplakate für den 40. Jahrestag der DDR, nachmittags die für die Montagsdemonstrationen: „Wir sind das Volk“. Nur Plakate hatten wir weniger als in Leipzig. Entweder sind wir in Luckenwalde zu faul gewesen, oder es kannte schon jeder die Texte.

Wohl war mir trotzdem nicht bei den Montagsdemos. Aber wichtig waren sie. Wir wollten keinen Krieg. Wir wollten ein Land, auf das wir stolz sein könnten. Ein bisschen Sozialismus und ein bisschen normales Leben. Und das Ganze ohne Stasi. Dafür war ich auf der Straße. Montag für Montag. Die Luckenwalder Vopos waren auch da. Natürlich, es gab ja noch immer das Versammlungsverbot. Aber sie sind mitmarschiert, um die öffentliche Sicherheit aufrechtzuerhalten. Oder vielleicht auch, weil sie wollten. Saßen wir doch alle im selben Boot. Eine seltsame Situation. Das eine System wollten wir nicht mehr, aber wie das andere aussehen konnte, wusste ich nicht. Unser Feindbild hatte sich auf jeden Fall verändert. Niemand von uns kämpfte mehr gegen den Westen. Das war nur noch das Thema von ein paar verhärmten Alten der Kriegsgeneration.

In Luckenwalde lag nichts Aggressives in der Luft, als wir in unseren gewohnten Sechser-Reihen mit Transparenten und Kerzen marschierten. Uns ging es um die Lichterkette, von der Innenstadt bis zur Thälmann-Schule. Dort gab es noch zwei, drei Ansprachen, fertig. Erstaunlich, dass ich freiwillig in einer Sechser-Reihe mitmarschierte. Aber Montag für Montag fanden sich in Luckenwalde mal hundert, mal tausend Leute zusammen und spazierten friedlich durch die Innenstadt. Ohne, dass uns das jemand angeschafft hätte. Ich war gerührt. In diesen Momenten waren wir wirklich das Volk. Wir verbrachten unsere Privatzeit damit, unser Land mitzugestalten, wollten politisch aktiv werden. Etwas Undenkbares geschah in diesem Jahr: Überall in der DDR gingen Menschen aus Eigeninitiative auf die Straßen. In Maßen und in der Masse kämpften wir mit sanften Mitteln für mehr Individualität. Die Entwicklungen in unseren Bruderländern halfen. Ungarn mit seinem Du-Freund Österreich war der Vorreiter, dann folgten die anderen Staaten. Aber eigentlich hat sich damals jeder einzelne viel mehr getraut als noch wenige Monate zuvor. Eine Revolution der anderen Art.

Meine Eltern sind nie zu diesen Montagsdemonstrationen mitgegangen. Ihnen steckte noch der 17. Juni 1953 in den Knochen, über den wir nie gesprochen haben. Mein Vater erzählte nur einmal, dass man danach die Produktionszahlen noch einmal nach oben geschraubt hatte, um die Reparationsansprüche der Russen zu erfüllen. Wie in den alten Kolonialzeiten. Auch 1953 waren meine Eltern nicht auf der Straße gewesen, aber Kollegen meiner Eltern, und denen war es hinterher schlecht ergangen. Das hatte meine Eltern geprägt. Erst die nächste Generation traute sich wieder. Unser System hatte aber auch wirklich nichts mehr mit einem real existierenden Sozialismus zu tun. Michail Gorbatschows Bekenntnis zu *Glasnost* hatte die Tore aufgemacht. Und außerdem glaubten wir in Luckenwalde nicht, dass die Bonzen Gewalt gegen uns einsetzen wollten. Aber wie die Montagsdemos in Leipzig oder Dresden weitergehen würden, war eine andere Frage. Zuerst waren dort 70.000 auf der Straße, dann 300.000, am Ende schon eine halbe Million. Die Situation konnte so verdammt schnell kippen. Was würde dann passieren?

In der Schule waren die Montagsdemos natürlich kein Thema. Dort ging es darum, die westdeutschen Nachrichten zu dementieren und den 40. Geburtstag der DDR am 7. Oktober vorzubereiten. Wieder so eine langweilige Veranstaltung wie der 1. Mai, nur mit noch mehr Tamtam. Die Prozession war schnell geplant: ein paar Lieder, ein paar Sportkegel-Verrenkungen, fertig. Nur die Ältesten der Schule sollten noch eine Siegesfeier über den imperialistischen Kapitalismus organisieren. Die Ältesten, das waren in diesem Jahr wir. Als Einzige bekamen wir die offizielle Erlaubnis, Westfernsehen zu schauen, um uns über die Argumentation Gedanken zu machen. Eine Farce. Aber wir machten mit, denn eine Lizenz fürs Westfernsehen gab's nicht alle Tage.

Wir, Herr Karl-Eduard von Schnitzler mit seinem Schwarzen Kanal und unsere Agitationsleitung organisierten also ein sozialistisches Fest. Ein paar salbungsvolle Reden, ein sozialistischer Snack und Rotkäppchenwein, womöglich auch Krimsekt, falls unsere russischen Vertreter auftauchen sollten. Der Plan stand fest: Wir wollten es bei der Geschichte belassen. Immerhin war es ein vierzigster Geburtstag, und man konnte sich da ja auch nur über die ersten fünf Jahre auslassen, darüber waren wir uns fast alle einig. Die peinlichen Programmpunkte wollten wir den Agitatoren überlassen. Anja und ich hatten das Musikprogramm übernommen: Klavier, mit dem Klangkörper nach vorne, damit man mehr hörte. Und Ines, also mich, nicht sah. Ich war ja noch immer eine lebendige Nichtexistente. Die Einzige, die wieder kein blaues FDJ-Hemd trug. Aber auch die Einzige, die Klavier spielen konnte. Idiotische Kombination. Spielte ich halt hinter dem Klavier, auch wurscht. Nur beim Hinsetzen sollte mich keiner sehen. Dabei waren eh alle so blind hier. Wir sangen nur sozialistische Lieder und die *Internationale*. Und die begann in unseren Ohren anders zu klingen. *„Wacht auf, Verdammte dieser Erde"* war in diesen Tagen ein echter Weckruf. Die Gästeliste für die Berliner 40-Jahr-Feier sah mit Michail Gorbatschow natürlich anders aus als unsere in Luckenwalde. Hier hing die Welt noch in ihren sozialistischen Angeln.

Aber es gab auch bei uns Ungewöhnliches. Zum Beispiel tauchten diese Buttons auf. Vor zwei oder drei Wochen hatte ich den ersten gesehen. Mit Gorbatschow und *Perestroika*. Auf einmal trugen die Menschen diese Buttons, kleine Metall-Plättchen, die man sich mit einer angeschraubten Sicherheitsnadel an die Jacke heftete. Und damit sah man auf einmal nicht nur die vier Punks, die wir in Luckenwalde hatten, sondern auffallend viele. Überall. Wahrscheinlich hatte jeder andere Wünsche, was jetzt irgendwie anders werden sollte. Mit Gorbi aber konnte es klappen. Solange er unser Großer Bruder war, konnten wir uns an ihn anhängen. Wir mussten nur den Mut aufbringen, uns trauen. Wobei freilich keiner wusste, wohin die Reise gehen würde. Anfänglich war man einer von den Mutigen, wenn man einen Button trug. Und ich muss zugeben, ich hätte auch gern zu diesen Mutigen gehört. Ist sich bei mir aber irgendwie nicht ausgegangen. Ich hab wieder mal erst kapiert, was los war, als schon jeder Zweite einen Button trug. Da brauchte ich dann auch keinen mehr.

Und genau dieser Mann auf diesen Buttons wurde zur 40-Jahr-Feier nach Berlin eingeladen und nahm die Einladung an. Wie würde er auftreten? Was würde er sagen? Diesen Geburtstag wollten wir uns alle sehr genau anschauen. Spannend. Im Gegensatz zu unserer Veranstaltung. Wir hörten nun doch die zwanzigminütige Predigt über Wilhelm Pieck und seine Errungenschaften beim Aufbau der DDR – wenigstens der FDJ-Leiter war glücklich –, dann ein Flötenstück eines Siebenjährigen, zwei Chorlieder und zum Abschluss die *Internationale*, mit Chor und Publikum. Ein ausgesprochen liebevolles Programm. Eine Geburtstagsfeier, wie sie im Buche steht. Die Stimmung kippte bereits. Die *Internationale* hat uns gerade noch rausgerissen. Danach war Stille im Saal. Zielloses Umherirren auf der Bühne, weil irgendjemand was sagen musste, weil alle diesen Moment nicht länger aushielten. Endlich dann der Agitator, der uns aus der Trance befreite. Mit einem „Freundschaft, Genossen!" Aber auch er träumte noch. Den Rest der Veranstaltung konnte man vergessen. Doch vielleicht war es das letzte Mal, dass wir zusammen die *Internationale* gesungen hatten. Was wusste man. Wir mussten jedenfalls alle rasch zu den Fernsehern, denn die Übertragung der Berliner 40-Jahr-Feier wartete nicht auf uns.

Berlin, 17 Uhr 30. Die offiziellen Ansprachen waren vorbei. Im DDR-Fernsehen wurden nur Fackeln tragende FDJ-ler gezeigt, die an der Festtribüne vorbeimarschierten und jubelten. Gorbatschow und Honecker ließen sich huldigen und dankten mit stoischem Winken. Gewohntes Bild. Doch die 18-Uhr-Nachrichten aus dem Westen übertrugen andere Stücke: „Wer zu spät kommt, den bestraft das Leben", sollte Gorbatschow gesagt haben. Westpropaganda? Dann mahnte Gorbatschow vor der internationalen Presse auch noch in kaum verhüllter Diktion Reformen ein. Vorschläge waren von Vertretern vieler Kirchen ausgearbeitet worden, eine demokratische, rechtsstaatliche und sozialistische Zukunft der DDR einzuleiten. Wer zu spät kommt...

Die Wandzeitung, die ich zum 40. Jahrestag der DDR gestaltet hatte, wurde jedenfalls gelobt. Wir, die kommunistische Schwester des großen, roten Bruders Russland. Wir, die wirkliche Widerstandszone in der Welt. Wir als diejenigen, die dem Kapitalismus die Stirn boten. Für die meisten war diese Gestaltung der Wandzeitung in der Schule eher eine Last. Mir hat es Spaß gemacht. Schließlich konnte ich dort die freundlichen Seiten des Systems hervorheben. Was anderes wäre gar nicht gegangen. Dazu gab es natürlich das obligatorische „Gestaltungsmaterial". Da fand man so nützliche Sachen wie die Profile von Marx, Engels und Lenin oder die „Vorwärts-zum..."-Losungen* für den nächsten Parteitag der SED.

Warum nur gingen trotzdem so viele DDR-Genossen in den Westen? Warum verließen sie das Land, während ich

* *Zum Parteitag der SED, zum 1. Mai, zum Tag der Republik am 7. Oktober und zu den Wahlen gab es jeweils eine Liste mit den beschlossenen Losungen von oben. Z.B.: „Mit dem Sozialismus siegen lernen!"*

systemkonforme Wandzeitungen für unsere Klasse gestaltete, die sich alle Eltern am 9. November anschauen würden? Für diesen Tag war unser letzter Elternabend vor den Abschlussprüfungen angesetzt. Dort gab es den zeitlichen Fahrplan für das Schuljahr samt Prüfungsterminen, damit sich auch die Eltern auskannten. Wahrscheinlich einer der wichtigsten Abende im Schülerleben. Denn es sollte gesagt werden, was bis zur ersten Prüfung im Februar geschafft werden musste.

Und genau an diesem Abend strahlte das DDR-Fernsehen eine Live-Pressekonferenz von Günter Schabowski* aus. „Privatreisen nach dem Ausland können ohne Vorliegen von Voraussetzungen beantragt werden. Die Genehmigungen werden kurzfristig erteilt." Das gelte „unverzüglich, sofort." Herr Vogt, unser Klassenlehrer, hatte Schabowskis Pressekonferenz im DDR-Fernsehen verfolgt. Als die Top-Meldung dann von RIAS 2 wiederholt wurde, wagte er daran zu glauben. Er kam zu uns und unseren Eltern ins Klassenzimmer und verkündete: „Wir können jetzt in den Westen." Ein Schock für unsere Direktorin, die weinend das Klassenzimmer verließ. Unsere Prüfungen wurden schlagartig uninteressant. Natürlich mussten wir sie schaffen, aber geredet wurde nicht mehr darüber. Die Eltern bekamen einen mit der Schreibmaschine geschriebenen Zettel, auf dem die Prüfungstermine und andere Informationen standen. Das war's. Wir gingen heim und schalteten das Westfernsehen ein. Tatsächlich: Die Grenzer ließen die DDR-Bürger einfach in den Westen. Kein Schuss. Kein Zores. An diesem Abend ist die Mauer gefallen.

* *Mitglied des Politbüros des Zentralkomitees der SED und 1. Sekretär der Bezirksleitung Berlin der SED*

Die Maueröffnung war die einzige Maßnahme, die dem ZK der SED in kurzer Zeit den nahezu ungeteilten Beifall der Bevölkerung einbrachte, wenn nicht sogar euphorische Zustimmung. Dass mit der Maueröffnung das Ende der Republik eingeleitet worden war, ahnten wir nicht. Wer hatte nur dieses Loch in die Mauer geschlagen? Schließlich hatten wir alle demonstriert und „Wir sind das Volk" gerufen. Aber dass sich wirklich etwas ändern würde? Geglaubt hatte ich das beim Demonstrieren nicht. Und doch hatte das Volk die Mauer niedergerissen, die für die Ewigkeit gebaut war. Dieses Loch in der Mauer war ein gutes Loch. Ein volkseigenes Loch. Es gehörte uns allen.

Aber wohl war meinen Eltern am 9. November bei den Westnachrichten nicht. Sechsunddreißig Jahre zuvor waren ihren Freunden noch die Kugeln um die Ohren gefetzt. Das machte Angst. Was wussten wir denn? Vielleicht war der Westen ja schon so dreist, im DDR-Fernsehen Pressekonferenzen nachzuspielen und dann als Kabarett zu senden. Und wir nahmen's ernst. Das wäre erst mal peinlich gewesen. Danach hätten wir einfach aufhören müssen zu leben. „Ossis fallen auf Kabarett-Schmäh der BRD rein!" Ich sah schon die Schlagzeilen. Wenn ich nur daran dachte, hatte ich Angst um meine Karriere. Aber was, wenn's stimmte? Okay: die Bilder von auf der Mauer tanzenden Bürgern konnte man nicht faken. Und dann einfach so über die Grenze gehen … einfach eine Banane aus dem Westen abholen … nein, das war real. Das war echt. Das konnte niemand nachstellen.

An die ersten Schulstunden am 10. November kann ich mich gut erinnern. Weil sie schlicht nicht stattgefunden haben. An diesem Freitag erschienen wir zwar alle vor der Werkshalle zum PA-Unterricht, doch an Arbeiten vor der Maschine dachte keiner. Und unser PA-Lehrer tauchte erst gar nicht auf. Vielleicht hatte er zum Parteichef kommen müssen, zum Kurs über den Umgang mit ungewöhnlichen Situationen. Also gaben wir uns schulfrei. Hätten wir doch an einer Maschine Rollelemente für den Westen zusammenstanzen müssen, hätten wir anschließend gleich einige Kisten liefern können. Ging ja jetzt problemlos. Denn jetzt konnte jeder hinfahren, wohin er wollte. Was für ein Gedanke. Meine Vorstellung von meinem Aktionsradius verblasste zwar schon bei Potsdam. Aber ich hatte die Möglichkeit.

Bis zum Astronomie-Unterricht am Nachmittag ließen wir unserer Phantasie freien Lauf. Fürs Erste konnten wir in der Stadt rumhängen und reden. Wie die Erwachsenen, die auf den Bänken saßen. Was würde noch alles geschehen? Und wann sollten wir selbst das erste Mal rüberfahren? Gleich heute Nachmittag? Sollten wir uns am Bahnhof treffen? Und was war im Westen zu tun? Einfach nur irgendwas angucken und dann wieder heimfahren?

Unser Schulalltag holte uns ein. Wir mussten zum Unterricht. Eine Stunde noch. Astronomie, im privaten Kreis meistens als *Horo* bezeichnet. Von Horoskop. Falls die Lorbeeren beim Astro-Lehrer nicht ganz so erreichbar waren, hieß das Fach auch schon mal *Horror*. Für mich war diese Version die naheliegendste. Das Wort lag mir einfach so auf der Zunge. Astronomie wurde auch nur in der Ernst-Thälmann-Schule unterrichtet. Die hatten dort ein Klassenzimmer, das eigens für Astronomie eingerichtet war. Also ab in die Thälmann-Schule. Auf dem Weg der Montagsdemo, an einem Tag, an dem wir einfach in den Westen fahren durften. An dem wir auf die ersten Berichterstatter von drüben warteten. Auf diejenigen, die sich gleich gestern in den Trabi geschwungen hatten und nach Berlin gefahren waren.

Aber wir sollten uns auf den Unterricht konzentrieren. Ein Ding der Unmöglichkeit. Hatte der die letzte Nacht verpennt? Wir lernten irgendwas von Kepler. Ich wollte wahrscheinlich kippelnd in meinem Mauerfall-Überschwang die neu berechneten Ellipsen Keplers nachziehen, und fiel in meiner Bankreihe krachend zu Boden. Das erste Mal in meiner Kippel-Karriere. Ich hatte wirklich nicht durch provoziertes Unerzogen-Sein auffallen wollen. Die schlechten Verhaltensnoten sind mir immer nur passiert. Ehrlich. Ich habe wirklich immer brav sein wollen. Nur bei dem Astro-Lehrer passierten mir solche Dinge. Es war wie verhext. Ich kippelte immer, und nur dieses eine Mal fetzte es mich mit einem riesigen Krach aus der elliptischen Bahn. Ich muss ziemlich leidend ausgesehen haben, jedenfalls gab's keine weiteren Sanktionen, was mich wunderte. Bei meinem Sturz hatte ich mir aber ein ziemliches Horn auf dem Hinterkopf eingehandelt. Das war mein Mauerfall-Horn. Eine undenkbare Wirklichkeit war Gegenwart geworden, wir erlebten Zeitgeschichte. Und damit ich's wirklich kapierte: ein Horn wie ein glücklicher Schmerz.

Am folgenden Wochenende war ich seit langem wieder mal mit Heike verabredet. Wir waren zum 90. Geburtstag der Hochschule Friedensau eingeladen. Mein Bruder Matthias studierte dort Theologie. War immer ein netter Familienausflug gewesen. Ich liebte Friedensau, schon seit ich sechs oder sieben war. Auch trafen wir dort immer eine alte Dame. „Da bist du ja endlich!", wurde ich von ihr begrüßt. Und eine ziemlich große, gebrechliche Frau nahm mich in den Arm. Sie war Menschenfreundlichkeit pur. Einmal verabschiedete sie mich mit den Worten: „Ines, du musst mit den Augen klauen und lernen. Das sind Schätze, die du in deinem Kopf mitnehmen kannst." Das mit dem Lernen wollte ich mir für später aufheben. Das mit dem Klauen kam mir einfacher vor. Ab sofort hieß es: Augen aufhalten.

Friedensau also. Wo wir mit Freunden jeden Winter die Jugendbibelwoche verbracht haben. Heike und ich waren einfach schon Jahre dabei. Jedenfalls wurde Friedensau an diesem Wochenende neunzig, wozu etwa zweihundert Gäste eingeladen waren. Dieses Wochenende aber hatte starke Konkurrenz, obwohl wir angemeldet waren. Auch ich hab mit mir gerungen. Irgendwas aber sagte mir, dass ich mir den Westen auch morgen noch anschauen konnte, weil die die Löcher in der Mauer eh nicht so schnell wieder zukriegen würden. Also packte ich meinen Tramper-Rucksack und machte mich auf den Weg zum Bahnhof. Dort hatten unsere Reichsbahner nach vierzig Jahren Dornröschen-Schlaf nicht nur was zu tun, sondern echt zu arbeiten. Rushhour. Ich kam zum Bahnhof und sah vor mir eine endlose Schlange. *Was macht ein DDR-Bürger, wenn er in der Wüste eine Schlange sieht? Anstellen.* Magdeburg, mein Ausstiegsbahnhof, lag in Richtung Hannover. Westen. Aber sollte ich mich jetzt wirklich mit all den anderen anstellen? Halb Luckenwalde wollte auf einmal eine Fahrkarte kaufen. Dabei bezahlte ein Teil der Meute eh nur für die Hinfahrt. Wir waren ja so brav! Wir kauften sogar noch ein Ticket, wenn wir das Land für immer verlassen wollten.

Wahrscheinlich wusste der DDR-Computer nicht, wie man Hannover schreibt. Denn es standen noch zirka siebenhundert Leute vor mir, und alle kriegten handgeschriebene Fahrkarten. Womöglich mit geschätztem Preis. Was wollten die nur alle mit ihren Broten und Thermoskannen in Hannover? Auf dem Marktplatz sitzen und gucken? Wir konnten dort mit unserem Aluminium-Geld eh nichts kaufen. Mir war das alles ein Rätsel. Ich entschied mich dann nach einer Zeit des Wartens, einen Versuch ohne Fahrkarte zu wagen. Das waren ja Ausnahmesituationen, die sich hier am Bahnhof abspielten. Fehlte bloß noch, dass wir uns selbstständig in Zweierreihen organisierten. Mir war's zu viel. Würde schon gut gehen ohne Fahrkarte. Ein Schaffner hatte ohnehin keine Chance in diesem Zug. In Indien, fünfzehn Jahre später, in einem Wagen dritter Klasse, erlebte ich noch mal ähnliche Zustände. Wahrscheinlich hätten wir diesen Auflauf in der Bahnhofshalle anmelden müssen. Der verstieß sicher gegen das Versammlungsverbot.

Friedensau wurde dann eine Hetz. Auch wenn ich, die kleine Ines, dort immer als „Enfant terrible" gegolten hatte. Aber manche Dinge sind eben selbst an spannenden Wochenenden langweilig. Dann hilft nur noch Eigeninitiative. Am Ende hieß es sogar, ich hätte die Spülung auf der Männertoilette kaputt gemacht. Natürlich gingen auch bei diesem Fest einige Scherze auf mein Konto. Aber die Männerklospülung? Die hatten sich im Geschlecht geirrt. Ich durfte zumindest diesmal bis zum Schluss bleiben.

Dann folgte der zweite Schultag mit offener Mauer. Danach der dritte Tag. Und der vierte. Natürlich war noch immer alles neu, aber der Alltag drängte sich schon wieder in unser Leben zurück. Den Alltag umzubringen, wäre eigentlich die größte Leistung im Leben. Unser damaliger Ausnahmezustand endete im Gemüseladen: Dienstagmittag, und immer noch keine Bananen. Das war wieder Alltag. Im Moment aber gab es darüber keine Klagen. Wir hatten Frieden geschlossen mit dem System, das wir gerade abstreiften. Weil wir glücklich waren. Wir hatten ja auch das Vergessen gelernt und nutzten das jetzt. Weil wir alle nach vorn schauten. Selbst wir in Luckenwalde.

... aber wir fahren in den Osten!

Ein paar in der Klasse wollten unsere Ost-Reise absagen und stattdessen lieber nach Soltau in den Vergnügungspark fahren. Ginge ja jetzt auf einmal. Was war denn mit denen los? Nach Soltau konnten die alleine reisen, um fünf Tage Achterbahn zu fahren, die Deppen.

In Vilnius hatten wir dann unheimlich viel Spaß miteinander. Auch weil uns dort beim Einatmen die Nasenlöcher zugefroren sind. Jeder grunzte seinen Text. Dazu waren wir die einzigen Idioten, die ohne Mütze rumgelaufen sind. Nur wir Touristen hatten keine Mützen auf. Wozu auch, bei einer Mittagstemperatur von schlappen siebzehn Grad unter Null und Wind von Nord-Nord-Ost. Da braucht's doch keine Mütze. Wollten doch schick sein. Jedenfalls sind wir viel Zeit im Hotel herumgesessen. Uns war draußen einfach zu kalt.

Unser Tagesablauf in Vilnius war witterungsbedingt einfach. Nach einem ausgedehnten Frühstück hüllten wir uns in Schicht um Schicht der wärmsten Kleidungsstücke, die wir im Koffer fanden. Um elf Uhr war Treffpunkt, um irgendwas anzuschauen. Unser gelenkiger Reiseführer geleitete dann eine Prozession menschlicher Fässer durch die Straßen. Würde eh bald Fasching sein.

Im Winter wird es in Vilnius nur ganz kurz hell, so zwischen elf und vierzehn Uhr, dann dämmert es schon wieder. Diese Aquarell-Wintersonne schaffte es aber, auch in den hellen Stunden nur tröpfchenweise das Licht in die Stadt zu schicken. So blieb das Kulturprogramm für uns Sechszehnjährige in einem annehmbaren Maß.

Ich hatte für jeden aus der Klasse einen *Schokoladenhohlkörper* eingepackt, denn Nikolaus fiel in unsere Reisezeit. Ich wusste zwar noch nicht, wie, aber ich wollte in der Nacht jedem eine dieser Schokoladenfiguren vor die Zimmertür legen und die Geschichte dem Nikolaus zuschieben. Diesen gar nicht säkularen Scherz fand ich am 6. Dezember angebracht. Gesagt, getan. Der Mann an der Rezeption gab mir eine Liste der Zimmernummern meiner Kollegen, und ich schlich nachts auf dem Korridor herum. Falls ich mich an dieser Stelle bei meinen Kollegen entschuldigen darf: Entschuldigung! Es war doch nicht der Nikolaus.

Vielleicht war es eine subversive Strategie des Hotels, sich die Gäste vom Leib zu halten. Jedenfalls gab es Unmengen von Knoblauch in fast allen Speisen des Hotels. Vielleicht schaffte man sonst auch solche Winter nicht. Nach einigen Tagen rochen wir den Knoblauch nicht mehr, weil alle ständig welchen aßen. Wir müssen sogar aus den Ohren gestunken haben. Zumindest schloss ich das aus der Umarmung meiner Mutter, als sie mich vom Bahnhof abholte. Vielleicht würde man mich erst in Quarantäne stecken, bevor ich wieder am Familienleben teilnehmen durfte? Die Knoblauch-Quarantäne für Kinder und Jugendliche. Mit einem Blutdruck von 60 zu 80, durch Knoblauchvergiftung verursacht.

Der Mauerfall vor der Reise hat diese Klassenfahrt zu etwas Besonderem gemacht. Wir mussten schnell sein, das ahnten wir. Aber so schnell? Seit dem Sommer war viel passiert. Das graue Mittelalter war vorbei. „Ab heute wird nicht mehr auf Menschen geschossen." Die Ungarn! Danke! Von Mitte September an überstürzten sich die Ereignisse. Ich begann sogar, das *Neue Deutschland** zu lesen. Und man lese und staune: In einer Welt, in der nicht sein kann, was nicht sein darf, blieben die Ereignisse der letzten Wochen tatsächlich unerwähnt. Der menschliche Geist der *Neue Deutschland*-Journalisten ist anscheinend für eine Bewusstseinsspaltung geschaffen. Die Wirklichkeit, um die ich wusste, und die, die ich leben durfte, klafften sowieso auseinander. An eine Zwei-Welten-Berichterstattung waren wir auch schon gewöhnt. Aber das? Wer interessierte sich denn im Moment für marxistische Literatur oder die historische Bedeutung Lenins? Die machten einfach mit ihren Textbausteinen weiter. Wir sollten den Weltfrieden feiern, während sich unser Land ausdünnte. Würden bei unserer Rückkehr nach Luckenwalde wieder Bekannte fehlen? Und was war überhaupt mit mir? Natürlich wollte ich erst die Schule zu Ende bringen. Aber dann? Selbstverständlich glaubten wir der Partei kein Wort mehr. Aber komisch war es schon, dass auf einmal alles zerbrach.

In solchen Momenten spürte ich, wie wenig ich von den Umbrüchen um mich herum verstanden hatte. Wir

* *Tageszeitung der SED: Zentralorgan der Sozialistischen Parteien der Deutschen Demokratischen Republik*

hatten noch nicht mal kapiert, dass wir vor zwanzig Jahren auf dem Mond gewesen waren. Und jetzt sollten wir eine neue Weltordnung aus dem Ärmel schütteln. Dreiundzwanzig Stunden in Richtung Westen fahren hat etwas Tiefsinnig-Mürbes. Im Laufe unserer Gespräche wurde uns klar, dass wir nicht mal eine Ahnung davon hatten, was uns erwartete. Ob damals noch irgendjemand an die DDR geglaubt hat? So konkret haben wir uns darüber nicht unterhalten. Man wusste ja nicht... Vielleicht aber war alles beim Alten geblieben, vielleicht auch nicht. Womöglich würde bald nichts mehr sein wie früher. Aber wussten wir das? Inwieweit waren Fortbestand oder Zusammenbruch der DDR relevant für unsere konkrete Zukunft? Und was bedeutete es für mich, dass dieses Land sich veränderte? Ich würde mich neu erschaffen müssen, an diesem Ort meiner Geburt. Aus den Bruchstücken einer Welt, zu der ich nie wirklich gehört hatte. Mit Willenskraft und Gottvertrauen würde ich mein Leben neu erfinden. Ich war gerade erst sechszehn und hatte noch keine tiefen Rillen in meiner Großhirnrinde.

Aber emotional waren wir in unserem kleinen Land doch fest zusammengeschweißt: „Wir gegen die anderen." Immer hatte es ein Feindbild gegeben: den Imperialismus, das Kapital, die konspirativen Objekte der Republik oder die Genossen auf der anderen Seite. Je nachdem, wer gerade beschimpft wurde. Immer gab es diese *anderen*. Das hatte etwas Sinn-Stiftendes gehabt. Auch mich hatte dieses Denken befallen. Diese Feinde würde es nun nicht mehr geben. Die Zeiten des Kollektivs waren beendet.

Wir hatten uns mit den Bananen auch unsere Freiheit erkämpft. Was nun mit der Pflicht bezahlt werden musste, das Leben selbstbestimmt zu führen. Konnte ich das überhaupt? Das würde nicht nur mich noch eine Weile beschäftigen. Und hatte wahrscheinlich nur sehr oberflächlich betrachtet mit dem Mauerfall zu tun. Im Inneren bleibt womöglich für immer das Gefühl, aus dem schrulligeren Teil Deutschlands zu kommen. Ein Aufschauen zum Westen. Ich hoffe, ich hab irgendwann keine Lust mehr auf diese Rolle und entwachse ihr.

Auf unserer Rückreise gab's Abendessen im *Mitropa-Waggon**. Zwei Stunden später erreichten wir die polnisch-deutsche Grenze. Die Rückreise kam mir schneller vor. Oder die Züge Richtung Westen fuhren schneller. Immerhin dreht sich ja auch die Erde in diese Richtung. Ein gesellschaftspolitischer Geistesblitz. Dabei las ich auf dieser Fahrt schon seit Stunden „Vom Winde verweht". Das war wirklich nur zufällig und hatte nichts mit den äußeren Umwälzungen zu tun. Ich schwöre es. Es war das dickste Buch, das ich zu Haus im Bücherregal gefunden hatte.

Dann begann die Erledigung der Einreiseformalitäten. Zettel über Zettel. Je ärmer ein Land, desto reicher seine Bürokratie. Bloße Arbeitsbeschaffung. Alles ausfüllen und in den Ausweis legen. Und dann stürmte Herr Vogt ins Abteil. Wir sollten mit dem Ausfüllen noch warten. Die DDR würde gerade aufgelöst, und solange wir nicht genau wussten, wie die neue Staatsform hieß, könnten wir nicht draufschreiben, in welches Land wir zurück-

* *Mitteleuropäische Schlaf- und Speisewagen Aktiengesellschaft. Essen auf Stahlrädern.*

kehren wollten. Stille. Dann Gelächter. Dieses Mal war es ein Scherz gewesen. Doch noch sind wir an solche Scherze nicht gewöhnt. Aber was, wenn es dieses Land bald wirklich nicht mehr gab? Definierte ich mich über Landesgrenzen? Natürlich war ich ein Kind der DDR. Natürlich war ich ein Kind meiner eigenen Geschichte. Ein Sammelsurium aus Marxismus-Leninismus, dem lieben Gott und Erfahrungen mit den fünfzig Leuten, die mich in regelmäßigen Abständen umgaben. Das alles hat mein Weltbild geprägt.

Noch steckte die Euphorie des Mauerfalls in unseren Gelenken. An ein Weiter und den Alltag dachte im Moment keiner. Hier löste sich alles auf. Und keiner machte sich Gedanken, wie es weitergehen sollte. Wir mussten die Welt neu erfinden, und ich hatte keine Ahnung, wie so was geht. Und da dachte ich nicht an die politische Großwetterlage. Sondern nur an die naheliegendste Frage: Wurde ich jetzt ein Wessi? Würde ich Milchschnitte essend bis ins hohe Alter in beheizbare Autos einsteigen? Nur konnte man mit der Milchschnitte in der Hand vor dem Einsteigen nicht demonstrativ noch die Jacke ausziehen. Aber alle würden so tun, als wäre das normal, nur weil wir jetzt auch Wessis sein wollten. Wir würden statt in den Trabi in einen Golf einsteigen und Turnschuhe mit Klettverschluss tragen, die hüben wie drüben gerade modern waren. Mit weißen Tennissocken. Und Sakkos mit hochgekrempelten Ärmeln. Das war mehr oder weniger alles, was ich mir damals so vorstellte.

Als wir am Bahnhof in Ost-Berlin ankamen, fragten wir sofort nach, was sich verändert hatte. War wieder etwas anders geworden? Seit einem Monat war die Mauer nun offen. Bevor wir abgefahren waren, war nicht mal klar gewesen, wer weiterregieren würde. Natürlich waren wir völkerrechtlich und vertraglich ein Staat. Aber war die DDR vor vierzig Jahren überhaupt auf einem vertragsrechtlichen Boden gegründet worden? Und konnten wir schon am Bahnhof spüren, ob wir in dieselbe DDR zurückkehrten, die wir vor zehn Tagen verlassen hatten? Nichts spürte ich. Ich suchte meine Eltern. Auf der Heimfahrt fragte ich sie, was sich in den letzten zehn Tagen Spannendes ereignet hätte. Einzelne waren nicht mehr an ihrem Arbeitsplatz erschienen. Das *Neue Deutschland* sprach von bevorstehenden Gesprächen mit der Opposition. Und bei uns zu Hause war ein Schaf trächtig. Da hatten wir es wieder. Manche Dinge änderten sich nie. Die Welt verdrehte gerade Nord- und Südpol, und bei meinen Eltern war ein Schaf trächtig. Das hatte was Beruhigendes. Letztlich.

Am nächsten FDJ-Nachmittag wollten wir uns treffen, um einen Bericht über unsere Vilnius-Reise zusammenzustellen. Mit Fotos, Erlebnissen und Reiseführer-Erklärungen. Alles ganz kinderfreundlich. Also konnte ich, als Nicht-FDJ-lerin, ungeschminkt teilnehmen. Die besten Fotos und Erzählungen sollten auf der Schulinfowand ausgestellt werden, damit die nachfolgenden Klassen Ideen bekamen, wohin eine Abschlussfahrt gehen konnte. Wir trafen uns also in unserem Klassenraum und warteten auf die FDJ-Leiterin. Untypisch, dass sie zu spät kam. Wir begannen sicher nicht ohne sie. Also schickten wir Anja zum FDJ-Zimmer auf die andere Seite des Gebäudes, um zu fragen, ob irgendwas anderes ausgemacht worden war. Während Anja weg war, hat es die FDJ-Leiterin dann doch zu uns in die Klasse geschafft. Wenn auch ohne FDJ-Hemd. Na ja, vielleicht hatte sie davor einen wichtigen Termin gehabt, den sie nicht im FDJ-Hemd hatte wahrnehmen wollen. Begründete Ausnahmen gab es bei uns nämlich. Es wurde zwar alles aufgeschrieben, damit die FDJ-ler nicht jede Woche mit einer anderen scheinheiligen Entschuldigung auftauchen konnten. Aber ab und zu, vielleicht eine Ausnahme im Jahr, war auch bei uns erlaubt.

Anja war wieder zurück, und Frau Vogel begrüßte uns pflichtgemäß mit „Freundschaft! Setzen!" Dann aber hatte sie uns angeblich etwas Wichtiges zu sagen. Wir warteten. „Seit letzter Woche bin ich all meiner parteilichen Pflichten enthoben. Es wurde an dieser Schule die FDJ mit ihren politischen Ämtern aufgelöst, auch die gewählten Schülervertreter sind von ihren Ämtern freigestellt. Falls es zu weiteren Versammlungen dieser Art kommt, sind sie freiwillig. Ich wünsche Ihnen noch einen schönen Nachmittag. Die FDJ-Sitzung ist geschlossen." Diese kommunistische Schwester hatte doch noch vor kurzem die ganze Welt rot angestrichen. Und jetzt kriegten wir einen auswendig gelernten Text aufgesagt? Erst steckten sie uns sozialistisch in die Tasche, und dann ließen sie uns sozialistisch fallen? Aber es gab keine Diskussion. Bis wir Luft geholt hatten, war sie schon aus dem Raum verschwunden. Auch jetzt gab es keine Gespräche, nur Anweisungen. Das hatte sich also nicht verändert.

Dann war auf einmal das Politbüro aufgelöst, und keiner kannte sich aus. Klar war nur: Der Kommando-Sozialismus, der Versuch, die Gesellschaft nach einem geistigen Schnittmusterbogen umzustrukturieren, war gescheitert. Eine Lehre, die uns das Leben erteilte. Natürlich gab es wieder eine Führung, aber wen oder was führten die eigentlich? Egon Krenz* war zwar an der Macht. Nur nahm den keiner ernst. Er war eine Übergangslösung. Da konnte sonst ja jeder kommen und irgendwas Dubioses vorschlagen. Eine Art glorifizierte Buchhaltung wurde geführt, die dazu diente, uns Ossis zu erklären, dass alles durchdacht und gerecht verteilt war. Aber nix war wirklich durchdacht. Wir schwammen alle. Wir versuchten, einer widersprüchlichen Realität beizukommen. Angesichts der Kluft zwischen unseren privaten Gesprächen und der öffentlich verkündeten Meinung hatte ich gelernt, mich nicht zu sehr auf diese öffentliche Meinung zu verlassen. Immer hatte ich sie für Mist gehalten. Und jetzt? Nach der Auflösung aller politischen Ämter und Regelwerke kam mir plötzlich alles so leer vor.

Selbstbewusstsein wurde zum neuen Schlagwort, das uns heilen sollte. Wir waren aufgefordert, es in unserer neuen Lebenslage zu zeigen. Gerade hatten wir uns von der Diktatur des Proletariats befreit. Aber befreit wozu? Jetzt, da ich endlich Fragen stellen durfte, wollte ich auch Antworten bekommen. Auf einmal waren wir ja alle wieder gleich. Keine FDJ-Hemden mehr, keine

* *Nachfolger von Erich Honecker. Prägte den Begriff „Wende". Meinte es aber doch ganz anders.*

Sonderbehandlung für Parteimitglieder. Keiner, der mir irgendwas anschaffen konnte, nur will ich gewohnheitsmäßig Angst vor Einschränkungen hatte. Doch sobald ich eine konkrete Antwort haben wollte, bewegte man sich im Kreis. Ich fragte mich, ob dieses ganze Gerede von Selbstbewusstsein das zentrale Element sinnvoller Befreiungspolitik war. Und vor allem, was war das für eine Aufforderung? Unser DDR-Alltag konnte nicht so schnell verschwinden. Er war in jedem von uns vorhanden als Gegengeschichte zu unserer Wessi-Euphorie. In vielen Gesprächen redeten wir nur über das politische System. Aber es spielte so viel mehr mit hinein. Verachtete ich mit meiner ärmlichen sozialistischen Herkunft nicht auch meine ganz private Sicht der Dinge? Konnte ich den Westen lieben, ohne den Osten zu hassen? In jener Zeit entstand übrigens auch der bei jeder Gelegenheit trotzig zur Schau gestellte „Und-der-Sozialismus-wird-doch-noch-siegen-Blick“ so vieler Plus-Minus-50-Jähriger. Dieses Problem freilich wird nur demographisch gelöst werden können.

Meine Wende

In diesem Jahr würde ich jedenfalls mein erstes Weihnachten im Westen verbringen. Ich sollte in den Zug steigen und, als wäre das die natürlichste Sache der Welt, in Hannover wieder aussteigen. Tante Irene und Onkel Peter erwarteten mich, im schicken und warmen Mercedes ging's dann nach Burgdorf. Das hatte ich vor zwei Monaten auch noch nicht für möglich gehalten. Die Strecke bis Berlin Friedrichstraße kannte ich. Danach wartete ich auf das besondere Gefühl. Irgendwann musste doch so ein West-Kribbeln in mir aufsteigen, das der Wichtigkeit dieses Momentes gerecht wurde. Aber nichts geschah. Irgendwie kam mir die ganze Situation nur ziemlich unwirklich vor.

Der Rest der Reise war ein freundlicher Familienbesuch. Tante Irene und Onkel Peter waren ja keine Fremden für mich. Zu Ostern schafften es die beiden ja auch immer in den Osten. Selbst das Haus sollte mir von Fotos bekannt vorkommen. Mein Vater war schon einige Male im Westen gewesen. Er war der Einzige, der schon zu DDR-Zeiten seine Schwester hatte besuchen dürfen. Allerdings nur er allein. An Familienurlaub war ja nicht mal zu denken gewesen. Die Genossen in Luckenwalde haben ihn richtig eingeschätzt. Der würde nicht abhauen, mit vier Kindern und seinem christlichen Verantwortungsgefühl dem Land gegenüber, in dem er wohnte.

Für mich war es überhaupt das erste Mal, dass ich in den Westen fuhr. Ich stellte mir Burgdorf wie Luckenwalde vor, nur sauber und bunt. Vielleicht würde in Burgdorf ja dann das Gefühl des Besonderen aufsteigen. Noch passierte nämlich nichts in meinem Herzen. Es wurde eine ganz normale Zugfahrt. Selbst die Enttäuschung, die ich vor einigen Jahren empfunden hatte, als mir die beantragte Urlaubsreise verboten wurde, war inzwischen abgetrauert. Damals war ich erschüttert gewesen. Dass man sich aus irgendwelchen konstruierten Gründen Schauspieler, Künstler, Dichter, Denker oder einfach nur Christen vom Hals schaffen wollte, habe ich mir nach jahrelangem Zurechtbiegen der Gehirnwindungen noch einreden lassen. Andersartigkeit macht Angst. Klar. Aber seine Verwandten und Freunde nicht besuchen zu können? Was war das denn? Mir selbst ging es damals eigentlich nie um die Reisefreiheit an sich. Dieses Gequatsche über Mallorca und Urlaubmachen in der ganzen Welt war mir fremd, und ich hielt es auch für vorgeschoben. Aber persönliche Beziehungen verbieten? Und jetzt saß ich im Zug und keiner fragte mich, ob ich aus dem Osten kam und ob ich besonders glücklich war, endlich in den Westen fahren zu dürfen. Wobei solche Gespräche mit Wessis, wenn sie zustande kamen, immer etwas Peinliches hatten. Ich weiß ja nicht, was die Westmedien so alles über die DDR erzählt haben, aber ich hatte sehr oft das Gefühl, dass ich aus einem

Entwicklungshilfeland kam, in dem erst Brunnen gebohrt werden mussten, damit überhaupt fließendes Wasser zur Verfügung stand. Doch ein solches Gespräch gab es während dieser ersten Zugfahrt in den Westen nicht. Da waren nur ich, meine schrulligen Erinnerungen und meine Fahrkarte nach Burgdorf.

Hannover und Burgdorf waren dann wirklich sehr saubere Städte. In den Gemüseläden lagen in der Tat ganze Bananen- und Apfelsinengebirge, und die Schaufenster der anderen Läden gingen über mit Klimbim, den man wahrscheinlich auch im Westen nicht brauchen konnte. Einkaufen wollte ich gehen, aber was? Ich hatte ja eigentlich alles. Und mit dem bisschen Westgeld, das ich von meinen Eltern für die Reise zugesteckt bekommen hatte, hätte ich mir gerade mal ein Eis kaufen können. Auf das mich Onkel Peter und Tante Irene aber sowieso einluden. Also wurde Einkaufen mal verschoben. Das konnte warten. Außerdem war in zwei Tagen Weihnachten, und die Geschäftswelt drehte gerade durch. Ich blieb lieber daheim. Kommunismus mit Konsumismus eintauschen konnte ich ja später auch noch.

In dem gemütlichen Haus von Onkel und Tante gab es viel zu entdecken. Eine freundliche, spannende Bibliothek und einen Fernseher mit fünfzehn (!) Kanälen. Ich fühlte mich dort sofort zu Hause. Als wäre ich schon immer wieder mal da gewesen. Vielleicht war es einfach Vertrautheit zwischen Verwandten? Burgdorf kam mir jedenfalls nicht so viel anders vor als Luckenwalde. Die Leute gingen zwar etwas schneller zur Bahn, aber das konnte auch an ihrem unorganisierten Leben liegen. Selbst die Gespräche bei Tisch unterschieden sich nur darin von jenen zu Hause, dass hier ein saubereres Deutsch gesprochen wurde. Es würde noch eine ganze Weile dauern, bis ich nicht mehr darauf wartete, ein ganz besonderes Gefühl zu empfinden.

Nach meiner Rückkehr aus dem Westen begannen die letzten Monate meiner Pflichtschulzeit. Ab Februar 1990 war für mich nur noch Prüfungszeit. Das bedeutete zwar mehr lernen, aber auch weniger Unterricht und größere Pausen dazwischen. Im Februar fingen wir mit einer sechsstündigen Russischprüfung an. Mein hochgestecktes Ziel an diesen Tag war: Bestehen. Also die Hoffnung auf ein Wunder. Was mich betraf, konnte das Ergebnis der Russischprüfung nur zwischen völliger Vernichtung und Weltuntergang angesiedelt werden. Meine Freude an Russisch war schon vor zwei Jahren gestorben, und ich hatte mich entschieden, nur noch den Minimalaufwand zu betreiben. Was jetzt womöglich doch nicht reichen würde. Schade. Mir blieben aber noch sechs Wochen und, wie gesagt, die Chance auf ein Wunder. Irgendein Text über den russischen Befreiungsschlag oder etwas Ähnliches, politisches Zeug, das inzwischen veraltet war, aber wenigstens vom Inhalt her bekannt. So schnell würden die in den Landesschulämtern ja auch keine neue Prüfung ausgearbeitet und bewilligt haben.

Während der Weihnachtsferien hatte sich unsere Übergangs-Schulleitung vorgenommen, eine neue Schulorganisation zu gründen. Ohne Ansehen der Person und ohne politische Orientierung. Alle politischen Funktionäre waren abgesetzt worden, die Ämter neu verteilt. Nur an wen? Wir waren immer noch dreiundzwanzig Leute in der Klasse. Anja und Markus machten einen guten Job als Klassensprecher, und niemand hatte etwas einzuwenden. Doch jetzt hieß es, keiner sollte mehr auf Grund seiner vorbildlichen FDJ-Mitgliedschaft zum Klassen- oder Schulsprecher bestellt werden. Wir mussten uns beeilen. Schließlich sollte der Klassensprecher die Prüfungsumschläge aufreißen, damit sich dann keiner der Schüler beschweren konnte, er sei bei der Verteilung der Prüfungsfragen betrogen worden. Aber worin hätte ein solcher Betrug bestehen sollen? Wir bekamen doch alle den gleichen Zettel. Es sollten eben einige Auserwählte genau hinschauen, wenn der Brief vor uns geöffnet wurde. Das war der aufregendste Teil der Arbeit. Der Klassensprecher durfte vor den Augen aller die von der zentralen Schulbehörde geschickten Prüfungsfragen aus dem Umschlag ziehen, zählen und die Vollständigkeit aller Bögen mit Unterschrift bestätigen.

Dieses Procedere war uns bekannt, nur einen Klassensprecher gab es noch nicht. Die Person zur Prüfungsfragen-Unterschrift fehlte also noch. Gewohnheitsmäßig hielt ich mich aus allen politischen Diskussionen raus. Bis in der Runde mein Name fiel. Worum ging es eigentlich gerade? Das Bildschirmschoner-Gesicht hatte mir schon oft weitergeholfen, aber ich konnte dieses Mal eigentlich nichts falsch gemacht haben. Und dann schlug Anja mich als Klassensprecherin vor. Absurde Idee. Was qualifizierte mich für diese Rolle? Mein rollenloses Leben der letzten zehn Jahre? Die anderen fanden den Vorschlag jedenfalls toll, und da ich nichts Gravierendes einzuwenden hatte, stimmte ich zu. Mulmig war mir trotzdem zumute. Woher um alles in der Welt würde ich wissen, was ich zu tun hatte? Ich konnte meine Schulkollegen doch jetzt nicht mit einem Gebet begrüßen, nur weil ihre Ideologie weggebrochen war und es auf einmal an mir lag, die Klasse vorbildhaft auf ein Erwachsenenleben vorzubereiten. So hatten jedenfalls die Texte noch bis vor ein paar Wochen gelautet, an die ich mich erinnerte. Als Klassensprecherin sollte man ein Vorbild für die anderen sein. Trotz allem, ich fühlte mich geehrt. Die Begründung mochte zwar etwas wackelig sein, aber es würde schon gut gehen.

Zwei Tage später trafen alle neu gewählten Klassensprecher bei der Direktorin ein. Die Honecker-Bilder waren inzwischen abgehängt worden. Helle Tapeten-Flecken waren geblieben. Die hätten ihn ruhig hängen lassen können. Auch wenn er gerade abgewählt und mit hundertsiebenundsiebzig in Frühpension geschickt worden war. Die Direktorin jedenfalls hatte zwei Anliegen. Zum einen sollten wir irgendwie eingesegnet werden, mit einer Art Schwur auf unsere Redlichkeit. Auf dass wir für die anderen mit unserem ganzen Wollen ein gutes Vorbild sein sollten. Schon wieder Vorbild… Klang alles ziemlich geschwollen, aber bessere Texte gab es offenbar noch nicht. Zum anderen brauchten wir auch einen neuen Schulsprecher, weil sonst die Direktorenkonferenz nicht berechtigt wäre, abzustimmen. Dieses Gremium entschied nach den Prüfungen über Weiterkommen oder

Hängenbleiben von Schülern. Als Anwalt der Schüler und Vertreter der Klasse durften auch immer Schul- und Klassensprecher dabei sein und mit abstimmen.

Da wir bereits Mitte Januar 1990 hatten und in der nächsten Woche die Halbjahreskonferenzen begannen, war Not am Mann. Es brauchte ganz auf die Schnelle einen neuen Schulsprecher für die Notenkonferenzen. Und dann war ich das auf einmal. Einer der Klassensprecher aus der 8. Klasse hatte mich ganz am Anfang der Sitzung vorgeschlagen, und alle hatten zugestimmt. Vielleicht auch nur, weil sie meinen Namen kannten: Das war doch die, die am Samstag nicht in die Schule kam. Und in der FDJ war sie auch nie. So war ich plötzlich Schulsprecherin. Dabei war ich es überhaupt nicht gewohnt, als Funktionärin aufzutreten. Aber ich war als Christin offenbar die Einzige in der Schule ohne Rote-Socken-Vergangenheit. Jetzt wurde gesäubert und nach unverbrauchten Menschen gesucht. Und so viele davon gab es ja nicht bei uns. Jedenfalls nicht an unserer Schule.

Mitte April kam ein eingeschriebener Brief für mich nach Hause. Die Schneiderei, bei der ich meine Lehre beginnen sollte, hatte aufgrund der politischen Lage damit begonnen, ihre reale finanzielle Situation zu prüfen, und musste zusperren. Ich bekam deshalb eingeschrieben mitgeteilt, dass ich aus der Verbindlichkeit meines Lehrvertrages entlassen wurde, weil einer der Vertragspartner insolvent war. Wegen des Verbots auf die EOS gehen zu dürfen, wollte ich in die Schneiderei. Da würde ich ein paar Jahre arbeiten, mir meine eigenen Klamotten nähen und das Abitur in der Abendschule nachholen. Schneiderin sein, das würde sich ausgehen neben dem Lernen. Wie bei meinem Bruder Axel. Wobei ich ahnte, dass es mir schwerer fallen würde. Still sitzen hatte ich in meiner gesamten Schulzeit nicht gelernt. Und dann auch noch am Abend lernen. Aber das war der Weg, den ich mir ausgedacht hatte. Danach wollte ich irgendwas studieren, vielleicht war es ja bis dahin möglich, ohne Parteibuch in die spannenden Studiengänge zu kommen. Aber das würde noch lange dauern. So stellte ich mir mein Leben vor. Durchgeplant bis 2007. Spannend konnte es nur im Privatleben werden. So dachte ich. Meine Eltern wollten nur, dass ich was Ordentliches lernte, damit ich mich im Notfall selbst ernähren konnte. Aber nun hatte ich keinen Ausbildungsplatz. Und die politische Einfärbung war ja angeblich kein Thema mehr.

Ich bat meine Eltern also, weiter zur Schule gehen zu dürfen. Die EOS könnte jetzt möglich sein. Vati wollte mir dabei helfen, doch noch einen Platz zu bekommen. Darum fuhren wir gemeinsam in das stattliche Gebäude beim Tierpark, mit meinem Halbjahreszeugnis in der Tasche. Dies hier würde hoffentlich meine eigene Feuerzangenbowle-Zeit. Meine Güte, wollte ich hier gern zur Schule gehen! Den Herrn Jurke kannten die Lehrer in der EOS natürlich. Einmal im Jahr wurde in Luckenwalde ein Lehrer-Sportfest organisiert, an dem alle Lehrer aus Luckenwalde als Schulbrigaden gegeneinander antraten, hinterher fand meist eine Siegesfeier statt. Ich wollte Vati daher unbedingt dabei haben. Es konnte nicht schaden, mit einem Lehrer aufzutauchen, wenn man bei anderen Lehrern Eindruck machen wollte.

Wir klopften beim Sekretariat an, und ich erklärte mein Ansinnen. Dass ich eine gute Schülerin war und dass ich gern ab September auf die EOS gehen wollte. Dass ich zwar nicht in der FDJ war, aber dass das ja jetzt auch kein Thema mehr sein konnte. Darüber würde die Direktorin selbst entscheiden, wurde uns mitgeteilt. Wir sollten warten, die Direktorin würde in zehn Minuten zu sprechen sein. Vati und ich setzten uns. Wenigstens nahm er seinen Helm ab. Manchmal war er zu faul dazu, und dann lief er mit dieser grünen Calimero-Schale durch die Stadt. Für die Ängstlichen in unserer Gegend ein Idol. Wir saßen und musterten beide das Sekretariat. Dann öffnete sich die Direktionstür, ein etwas älterer Herr kam heraus und verabschiedete sich freundlich. Wir waren dran. Mein Vater nickte nur grüßend in Richtung Direktorin und blieb sitzen.

Ich stellte mich nun vor und sagte meinen Satz noch einmal auf. Die Direktorin bat mich daraufhin in ihr Zimmer. Dort gab ich ihr meine Unterlagen: die beiden letzten Zeugnisse, eine Art Bewerbungsschreiben und eine Empfehlung meines Klassenlehrers. Mehr hatte ich nicht dabei. Nach prüfendem Hin- und Herblättern meinte die Direktorin: „Okay, ich werde Sie aufnehmen. Lassen Sie sich draußen im Sekretariat die Informationsunterlagen für das nächste Schuljahr geben. Wir werden ab September nach den Lehrplänen für das niedersächsische Abitur unterrichten." Ich sollte am 3. September pünktlich erscheinen. Das war‘s. Küssen durfte ich sie nicht. Grinsend wie ein Honigkuchenpferd kam ich aus dem Direktorenzimmer. Die nächsten zwei Jahre würde ich auf die EOS gehen. Und dann studieren. Die Welt war offen. Ich freute mich. Unendlich.

Danach ging das Leben ganz normal weiter? Ja und nein. Irgendwie waren die großen Sorgen immer noch die Prüfungsvorbereitungen und die Prüfungen selbst. Dazu die ganz große Liebe. Doch daneben war die Politik immer noch interessant und spannend. „... und der Zukunft zugewandt...“*, begann ich zu träumen. Die Mauer war weg. Ich durfte einfach so auf die EOS gehen. Und ich war noch in dem Alter, in dem man sich unsterblich fühlt. Alles war offen. Nur mein Herz schlug nun um einiges schneller als noch vor wenigen Monaten.

Wir waren im Juni 1990 die Letzten, die im alten System die Schule abschlossen, also die letzte Generation mit ostdeutscher Schulbildung. Für den geselligen Teil unseres Abschiedsabend hatten wir die HO-Gaststätte Werner Seelenbinder** ausgesucht, eine Vereinskneipe beim Seelenbinder-Stadion in Luckenwalde. Das war einer der wenigen öffentlich zugänglichen Gastronomiebetriebe. Und günstig wäre es dort, wurde uns gesagt. Für unseren besonderen Abend stand uns ein Kellner zur Verfügung. Der Personalstand im Dienstleistungsbereich hatte sich da noch nicht den westlichen Verhältnissen angepasst. Aber die Referenzen waren gut, und die Küche hielt, was die Menü-Karte versprach. Zwei Gerichte zur Auswahl, eine Sorte Kuchen. Back to Bescheidenheit. Dazu Porzellan

* *2. Zeile aus der DDR-Nationalhymne: „Auferstanden aus Ruinen, und der Zukunft zugewandt ...“.*

** *Werner Seelenbinder stand politisch der KPD nahe, bei der Spartakiade (Olympiade des Ostblocks) 1928 in Moskau gewann er als einziger deutscher Arbeitersportler einen Wettbewerb in Ringen und wurde Namensgeber unseres Kreissportplatzes. Herzlichen Glückwunsch!*

und Biergläser, härter als beim Militär. Und Aluminiumbesteck. Nichts Westliches hatte sich hierher verirrt. Hier und heute waren wir noch einmal unter uns. Überhaupt schien alles Politische vollkommen abwesend. Keine Litanei über die Wartezeit hier gegen das gute Leben im Westen. Keine Transparente, keine Sprüche über Völkerfreundschaft. Nur die vergilbten Tapetenflecken erinnerten an Honis bessere Zeiten. Irren ist menschlich. Und Zeiten ziehen vorüber. Ein halbes Jahrhundert zuvor wurden halt die Hitler-Bilder abgehängt.

Wir waren alle zwischen sechzehn und siebzehn. Dazu ein paar Lehrer, ein paar Eltern. Nicht alle waren gekommen. Meine Eltern hatten mich gefragt, ob es mir wichtig sei, dass sie zum Abschlussfest kamen. Freitagabend hatte für sie der Sabbat schon begonnen. Ich gab meinen Eltern frei. Und nun saß ich in meiner Ostblockkneipe und kam mir etwas fehl am Platz vor. Ich war es durch meinen vollen Terminkalender und das viele Musikmachen nicht gewohnt, in Kneipen abzuhängen. Alkohol war nicht mein Ding, Raucherin war ich damals auch nicht. Dazu wollten wir krampfhaft lustig sein. War ja unser letzter gemeinsamer Abend. Herr Vogt stand schließlich auf und begrüßte uns. Ein paar salbungsvolle Sätze über die letzten zehn Jahre. Dass wir coole junge Erwachsene wären, die ihr Leben schon meistern würden. Er wünschte uns Glück und Erfolg und hob den Bierbecher. Alle prosteten einander zu. Der Alkohol zischte langsam durchs Gehirn, und die Stimmung besserte sich von Becher zu Becher. Einige Gags zur Unterhaltung folgten.

Blieb nur noch die Dankesrede, die mir als Klassensprecherin zugeteilt worden war. Wir feierten den Abschied von unserer Pflichtschulzeit. Aber auch den Abschied von einer Epoche. Was sagte man an einer solchen Schwelle? Nur eine Rede über unsere Schulzeit? Mit innigem Dank, dass uns der Lehrkörper ohne wesentliche Schäden durch die Pflichtschulzeit gebracht hatte? Wochenlang hatte ich die Vorbereitung auf die letzten zehn Minuten verschoben. Immer mit der Ausrede, ich müsse ja für die Prüfung lernen. Nur statt zu lernen oder wenigstens anzufangen, schaute ich in die Luft. Meine beiden Zimmer hatten während der Prüfungszeit fast so etwas wie Ordnung erlebt. Alles Ersatzhandlungen, Ablenkung, Beruhigung. Was konnte ich sagen, das an diesem Abend passend sein würde? Für uns hatte sich in diesem Jahr alles verändert. Und nicht nur wegen unseres Schulabschlusses begann für jeden von uns ein neuer Abschnitt im Leben.

Dann war ich dran. Leise schob ich mich vors Mikro, das wir eigens für die Witze und Ansprachen mit einer Box verkabelt hatten. Es pfiff. Klassisch. Die Aufmerksamkeit hatte ich damit auf mich gelenkt. Auch eine Art, sich bemerkbar zu machen. „Ich bin dran", hörte ich mich sagen. „Liebe Noch-Kollegen! Sehr geehrte Eltern und Lehrer! Ich bin dran. Denn an mir ist es, die Klassenabschluss-Ansprache zu halten. Die Tipps, die ich dafür bekommen habe, waren: Alle begrüßen, Dank an den Lehrkörper und an Elektro-Müller, der das Buffet gesponsert hat. Also: Danke, Elektro-Müller, für das Buffet!

Heute Abend ist sie vorbei, unsere gemeinsame Schulzeit. Zehn Jahre lang haben wir uns miteinander hinter den Schulbänken herumgedrückt. Heute können wir alle mehr oder weniger schreiben, und wir sind lebensfähig. Als wir 1980 eingeschult wurden, sah die Welt noch anders aus. Zum einen waren wir kleiner, zum anderen war damals eine andere Zeit. Die ersten vier Jahre Volksschule und Hort vergingen mit bunten Wipfeln und blauen Pioniertüchern. Und die nächsten Jahre mit weißen Hemden und roten Tüchern. Danach kamen FDJ-Hemden und Jugendweihe. Das waren die vorgezeichneten Stationen.

Wer hätte sich im letzten Jahr um diese Zeit die Ereignisse des vergangenen Schuljahres vorgestellt? Wir verlassen die Wilhelm-Pieck Schule jedoch zu einer Zeit, die besser nicht sein könnte. Für uns ist heute so viel mehr möglich. Ich weiß auch, dass wir alle darüber nachgedacht haben: ‚Bleibe ich hier? Oder gehe ich weg?' Wir haben ein irres letztes Schuljahr hinter uns gebracht. Und wir haben alle die Prüfungen bestanden. Die Welt steht uns offen. Die Mauer ist weg. Wir sind einem veralteten Staatssystem von der Schippe gesprungen. Ich habe mir ja vieles vorstellen können in meinem Leben. An Phantasie hat es bei mir nie gefehlt. Aber dass wir irgendwann mal ohne Mauer leben würden, hätte ich mir nie gedacht.

Und jetzt befinden wir uns in einer neuen Welt. Wir haben eine gute schulische Ausbildung bekommen. Danke an dieser Stelle an unsere Lehrerinnen und Lehrer!

Nun liegt es an uns, an jedem Einzelnen von uns, ob wir auch die Mauer in unserem Kopf demontieren. Die Partei gibt nichts mehr vor. Und sie hat schon lange nicht mehr Recht*. Wir können natürlich mit Westgeld weiter Osten spielen. Wir können nach Mallorca fahren und Bananen in rauen Mengen schälen, aber in Wahrheit müssen wir einen eigenen Weg finden. Oder neu *er*finden. Was nehmen wir mit aus den letzten zehn Jahren? Was lernen wir aus der Erfahrung, dass sich ein Staatssystem auch einfach auflösen kann? Für mich ist es die Erkenntnis, dass wir nicht nach unserer politischen Auffassung beurteilt werden sollen, sondern nach unserem Charakter. Dass wir nicht durch die Parteizugehörigkeit unserer Eltern eine besondere Lehrstelle bekommen sollen, sondern weil wir uns beworben haben und ganz einfach gut gewesen sind.

Wir alle werden den Wert der individuellen Freiheit besonders schätzen. Weil wir‘s anders kennen. Wir brauchen uns nur an Manifest-Zeiten erinnern, mit den dazugehörigen Handlungsanweisungen, Schaubildern, Kurven, Terminen und Zehn-Punkte-Plänen, gespickt mit allerlei politischem Unsinn. Auch die Klassenkampf-Rhetorik wird uns – bewusst oder unbewusst – noch eine Weile beschäftigen. Was ich uns in diesem Zusammenhang wünsche: Mut, unfassbare Ereignisse wie den Mauerfall für möglich zu halten; Mut, eigene Chancen zu erkennen und zu nutzen. – Trinken wir auf die letzten und auf die nächsten zehn Jahre!“

* *„Die Partei, die Partei, die hat immer Recht, und Genossen es bleibe dabei, denn wer kämpft für das Recht, der hat immer recht gegen Übel und Ausbeuterei…“ – Refrain des SED-Parteiliedes. Louis Fürnberg, 1950. Unbedingt auf YouTube anhören. Unfassbar was die Partei alles konnte!*

Alle hoben ihre Becher und prosteten einander zu. Mit dem Toasten und Anstoßen kehrte die Unterhaltung schlagartig zurück, Gelächter mischte sich mit dem Klirren der Gläser. Ich meldete mich noch einmal zu Wort: „Einen Tipp hab ich noch, an dieser Schwelle zu einer neuen Zeit, an dieser Schnittstelle zweier Epochen: Wer nur Bananen isst, ist auch mangelernährt." Zustimmendes Prosten. Danach ging ich vom Mikro weg und kehrte zu meinem Tisch zurück. „Gute Rede!", wurde vom anderen Tisch herübergeschrien. „Danke!"

Danach saß ich noch eine halbe Stunde bei den anderen. Rundherum waren inzwischen Trubel und ausgelassene Stimmung entstanden, aber mir war nicht nach Feiern. Nicht, weil ich traurig gewesen wäre. Oder weil mir der Alkohol gefehlt hätte, den die anderen schon in der Birne hatten. Aber am nächsten Tag war noch eine Party. Wir wollten uns ganz ohne Lehrer bei Andi im Garten treffen. Also packte ich. Erst meine Handtasche, dann mich selbst. Ohne viel Aufsehen zu erregen, verließ ich die Kneipe. Draußen in der frischen Sommernacht ging es mir besser. Das war's. Das waren meine zehn Pflichtschuljahre. Sozialismus inklusive.

Nun begann eine neue Zeit. In zwanzig Minuten würde ich zu Hause sein. Und ab übermorgen gibt es Westgeld.

Weitere Bücher aus der „Edition Zeitgeschichte“

Zu bestellen unter: **www.LetterToTheStars.at**

Die Letzten Zeugen. Das Vermächtnis der Holocaust-Überlebenden

Sie waren Kinder und Jugendliche, als sie gedemütigt, verfolgt, vertrieben und ihre Familien ermordet wurden. Jetzt erzählen österreichische Holocaust-Überlebende, die heute in aller Welt leben, ihre Lebensgeschichten.

384 Seiten. EUR 19,90
ISBN: 978-3-9501836-1-0

A Letter To The Stars – Die Überlebenden

SchülerInnen aller Schultypen aus ganz Österreich im Alter zwischen 14 und 19 Jahren sind mit Shoa-Überlebenden in Kontakt getreten, haben deren Schicksale recherchiert und ihre einzigartigen Begegnungen beschrieben.

320 Seiten. EUR 14,90
ISBN 3-9501836-0-4

Brief in den Himmel. Schüler schreiben Geschichte

Dokumentation des Projekts „A Letter To The Stars“ in dem mehr als 15.000 SchülerInnen aus ganz Österreich die Lebensgeschichten von österreichischen Opfern des NS-Regimes erforscht und den 100.000 Ermordeten an weißen Luftballons symbolisch „Briefe in den Himmel“ geschickt haben.

272 Seiten. EUR 14,90

ISBN 3-9501836-9-8

„Ich finde es sehr wichtig, wenn heutige Schülerinnen und Schüler erfahren, dass Geschichte auf den Körpern von Menschen ausgetragen wird, die ja das eigentliche Schlachtfeld dieser Geschichte und gleichzeitig ihre Protagonistinnen und Protagonisten sind – und eben nicht bloß Darsteller, sondern wirklich Täter und Opfer, beide muss man immer wieder benennen, jede Generation muss das immer wieder aufs Neue tun.
Und noch schöner ist es, wenn dabei sogar ein Dialog mit Überlebenden der Shoa zustandekommt, wenn es für die Jugendlichen ein Feedback gibt und einer mit dem anderen, ein Nachgeborener mit einem Überlebenden, in persönlichen Kontakt treten kann. Wahrscheinlich ist es das, was man: fürs Leben Lernen nennt.«

Elfriede Jelinek, Literatur-Nobelpreisträgerin